Bernie Palmer

Émile Milliard

et les autres univers

Éditions Dédicaces

ÉMILE MILLIARD ET LES AUTRES UNIVERS
par BERNIE PALMER

DU MÊME AUTEUR :

- Moi, Emile Milliard (Éditions Dédicaces, 2012)
- Planète en sursis (Éditions Dédicaces, 2013)
- Émile Milliard et les tentacules de la tarentule (Éditions Dédicaces, 2014)

Dépôt légal :
Bibliothèque et Archives Canada
Bibliothèque et Archives nationales du Québec

ÉDITIONS DÉDICACES INC
675, rue Frédéric Chopin
Montréal (Québec) H1L 6S9
Canada

www.dedicaces.ca | www.dedicaces.info
Courriel : info@dedicaces.ca

Bernie Palmer

Émile Milliard

et les autres univers

Chapitre 1
Tout ou rien

Je me réveille comme immergé dans une vision barbare et terrifiante. Des images et des sons d'explosions à répétition et des voix paniquées envahissent mon cinéma intérieur. Sans doute une nouvelle série de bombardements, de boucheries guerrières ou de massacres d'innocents, comme il y en a déjà trop sur cette planète et probablement dans d'autres univers. Mon champ de perception extrasensorielle s'élargit parfois jusqu'à des distances qui me font frémir. Et quelque chose râle dans mon zoo intérieur envahi par cette canicule de juillet et ses records de chaleur qui s'éternisent jour et nuit. Puis ces images horrifiantes se volatilisent de mes écrans personnels et ces sons percutants meurent du même coup.

Je regarde le plafond, étendu sur le grabat de mon bureau-dortoir-mouroir de la rue des Mammifères repus, pendant que mes interrogations inutiles rebondissent ici et là comme des balles perdues. Qui suis-je? Que fais-je? Où vis-je? Où vais-je? Et cætera, et cætera, ma gang de rats. Je parle à mes rats intérieurs bien sûr.

Ce monde est un jeu virtuel à la ferveur inoxydable. Les gagnants y raflent tout et les perdants y laissent le peu qui leur reste avant de crever. Et on leur suggère même de sourire pour la postérité. Et vive le futur de l'avenir, et l'avenir du futur par la même occasion. Au choix. C'est ça qui est ça. Chez chat qui est chat. C'est comme ça depuis si longtemps et ça ne risque par de s'améliorer prochainement. Mais ces perdants gagnent sans doute autre chose, dans d'autres univers. Hum. Peut-être bien ou peut-être bien que rien. Et chez bien chat qui est chat. Y a-t-il une limite aux nombres d'univers possibles? Et aux vies qu'on peut y mener? Les paris sont ouverts. Faites vos jeux. Et que la très grande roue continue de tourner. La très grande roue de mille milliards d'années-lumière de diamètre. Comme si elle pouvait faire autre chose. Hum.

Et qui peut prévoir l'imprévisible? Prédire le futur, c'est toujours possible, notamment avec un régime équilibré à base de serpents marinés et autres délices exotiques. Un bon petit steak de tyrannosaure à l'occasion, ça ne peut pas nuire non plus pour les pronostics sportifs. Prévoir l'imprévisible, c'est autre chose, comme la quadrature du cercle ou la circularité du carré. Quoique…

Et tant que la suite des choses reposera sur cette baise éternelle avec cet univers si vaste, que l'on dit incommensurable… Tout est possible, c'est-à-dire pas grand-chose pour le commun des vivants. Mais est-ce qu'il en existe encore de cette race de monde en ce futur mirobolant au possible de l'improbable? En ce joli mois de juillet 2033 dans cette ville mirifique, Québec, la sérénissime de l'Amérique du Nord, rien de trop beau pour Émile Milliard.

Et si je me retrouvais mystérieusement à Venise un de ces jours prochains? À la recherche d'une jolie Vénitienne adoratrice de cobras? Presque perdu dans son joli dédale de canaux, de rues, de ruelles et de ponts? Ou assis au plus célèbre café de la piazza di San Marco avec quelques beautés quasi divines descendues du ciel? Et si, et si et si, et cætera, et cætera, etc. Et si la Joconde me proposait de poser mon joli popotin près du sien dans une reprise de ses meilleurs succès? Dans une autre dimension du futur antérieur ou autrement. Par les oreilles du cobra de Saint-Casimir. Permettez-moi d'en douter. Dou, doudou. Chewap, bedap, bidou, wha…

Étendu sur mon matelas comme un cadavre potentiel, je me dis que les rouages de ma petite machine à refaire le monde me semblent déjà très bien huilés. Et si j'appuyais un peu sur l'accélérateur de ma vie de fou… avant de faire de même sur celui de ma Sporsche, qui hurlera bientôt de bonheur, j'en suis presque persuadé…

Et si nous étions illimités nous aussi? Ça semble aller de soi, à première vue. Je pense – ça m'arrive encore, mais pas plus qu'il n'en faut, non, pas beaucoup plus –, je pense, disais-je donc, que nous possédons sûrement quelques miettes d'infini au plus profond de nos atomes transitoires pour oser habiter un univers incommensurable. Schewip, be dap, bidou. Un univers démesuré serait peut-être suffisant. Oui, je veux bien être démesuré, si c'est absolument nécessaire. Incommensurable, c'est une autre histoire, mais, surtout, incommensurable à quels points de vue? « Mais à tous les points de vue imaginables, voyons donc! » de radoter une voix perdue dans le labyrinthe de mon inconscience.

Et c'est bien ce qui est le plus terrifiant, et le plus merveilleux à la fois. Car nous sommes si terrifiants et si merveilleux. Il le faut bien pour affronter ce combat infini de l'horreur et du sublime qui s'engage de nouveau chaque instant. Mais c'est une autre affaire, et nous y reviendrons sans doute avant la fin du monde, au prochain chapitre ou dans cent millions d'années. Ou quelque part par là. C'est ça qui est ça. Chez chat qui est chat. Cent millions d'années, ça passe vite, ça passe très vite, laissez-moi vous le dire. Le temps d'écluser quelques verres au café du coin et hop la galère sur les flots bleus de l'été, un autre million de flambé.

Moi, je préfère les coins noirs, là où se dissimule l'énergie sombre. Une autre de mes lubies lumineuses : l'exploration de l'énergie sombre. On devrait toujours s'en garder une petite provision à portée de la main, au cas où. L'énergie sombre. Quel luxe quand même. Quand on pense qu'elle composerait quatre-vingt-quinze pour cent de l'univers connu. Mais personne n'en a jamais vu le moindre atome. Ils sortent seulement le soir sans doute. Le visage camouflé derrière un foulard et des lunettes, et une casquette vissée sur l'occiput. Vous avez déjà vu le visage d'un atome, vous? Le visage d'un atome camouflé derrière un foulard et des lunettes noires. Un atome avec une casquette vissée sur l'occiput. Ah, ha! Hou, hou! Laissez-moi rire un brin. Si la très sérieuse science peut délirer à sa guise comme un poète en raquettes à minuit dans une forêt obscure, pourquoi pas votre trop humble serviteur, c'est-à-dire moi-même en personne, Émile Milliard, le suprême connard au sublime cornichon. Ah gougou, gaga. À quand l'épluche-carottes ou la cafetière alimentée à l'énergie sombre? Ce n'est qu'une question de temps fort probablement. Ne sommes-nous pas tous incommensurables?

Et cette vision barbare et terrifiante, qui vient tout juste de m'horrifier encore une fois de si bon matin, que dis-je, en ce jour d'entre tous les jours, me rappelle une fois de plus que ce monde entier n'est qu'un décor aussi irréel que la réalité la plus banale. Rien de très nouveau, ni de très ancien non plus. Et c'est sans doute préférable comme ça. Enfin comme ci, comme ça.

D'ailleurs, d'ailleurs, d'ailleurs, pourquoi se casser la tête quand mon existence actuelle est déjà si prodigieuse? Quand cette vie m'offre déjà toutes ces sublimes merveilles, divinement parfumées, maquillées et fringuées comme des reines de beauté, qui viennent s'épancher dans mes bras, à toutes les heures du jour, de la nuit et j'en passe. Cette délicieuse comédie nourrit copieusement mes fantasmes et ils se portent assez bien merci. Chers univers, comment puis-je devenir toujours plus incommensurablement séduisant afin de continuer à susciter ces désirs de plus en plus fous chez toutes ces femmes fabuleuses? Il n'y a rien de trop beau pour Émile Milliard. À moi les meutes de diablesses survoltées qui deviennent invariablement éprises de ma beauté singulière et de mon corps de rêve au premier baiser. Aïe, aïe, ouille, ouille! Rien de moins, mais que vouloir de plus, je vous le demande. Une prime de fidélité, peut-être! Un cadeau à chaque achat? Une carte de membre à vie? Une croisière vers Aldébaran?!? Un dernier sourire mur à mur avant de crever? C'est ça qui est ça dans le monde du sport. Chez chat qui est chat ma gang de rats. Je parle à mes rats intérieurs, bien sûr, comme vous le savez sans doute déjà.

D'ici peu, d'ici même très peu, je dis bien, je pense que je devrai majorer mes tarifs de gigolo de banlieue pour tenter de réduire mes activités. Si je veux survivre à cette demande effrénée qui risque de me tuer. Hé, hé, Hum, hum. Un de ces jours, on me proposera peut-être de m'adjoindre quelques clones, qui feront le travail à ma place, afin que je puisse surnager encore un certain nombre d'années à la surface de ma vie de fou. De boues en bouées vers le futur postérieur. Et pour que je puisse continuer à contre-balancer un tant soit peu ces tsunamis d'énergie positive qui submergent allègrement cette planète perdue. C'est bien merveilleux l'énergie positive, mais ça prend aussi un peu d'énergie négative pour faire tourner la machine. Cette maudite machine à broyer le vivant. Ce trou noir cosmique d'entre les trous noirs où tout finit par disparaître un jour. Aaaah, aaah, aah….

Une vie de fou qui me convient assez bien malgré tout. N'importe quoi et son contraire, et pourquoi pas? Et pas grand-chose de pas grand-chose, et toujours un peu moins chaque jour si cela se peut. Non, mais c'est quoi cette nouvelle idée folle? Des foutus clones d'Émile Milliard. N'importe quoi exposant n'importe quoi. Où s'en vont donc ce monde incroyable et ses banlieues torrides, par les suppôts de Saturne et de Vénus réunis? Y a-t-il quelqu'un ici-bas qui croit vraiment que l'on peut cloner Émile Milliard? Un cornichon semblable par siècle, par planète ou par univers, n'est-ce pas déjà amplement suffisant?

Je cherche mon dictaphone microscopique pour noter mes dernières élucubrations du jour, car ça devient drôlement passionnant. Mi-Mile du Milliard fait son possible avec la passion. Et que ma rate se dilate un peu pendant que j'essaie d'imaginer ces clones imaginaires d'Émile Milliard. Ouah, ha, ha… Et la rate de ma rate aussi par la même occasion. Je parle de la rate de ma rate intérieure, bien sûr, la femelle de mon rat intérieur, comme de raison. Il faut vraiment tout vous expliquer. Ce n'est pas grave, ne vous excusez pas, j'adore expliquer. Je pense que je suis le grand exterminateur du rien du tout. C'est une de mes spécialités. Je n'y peux rien du tout au tout, et même davantage. Comme les rondelles de cobra mariné sur lit de rutabagas frisottés. Non, non, je vous en prie, ne me remerciez pas. Parlez-en simplement à tous vos amis.

Des fois, je me dis que je suis encore presque aussi passionné qu'une jeune pute de quatre-vingt-cinq printemps. Une sorte de pute de l'esprit, partiellement momifiée dans la marinade de cobra du Témiscouata ou de Péribonka. Je sens qu'une nouvelle déformation professionnelle du gigolo de banlieue maudite m'attend probablement dans le détour du raccord. N'importe quoi ou n'importe qui, c'est presque pareil.

Serait-ce l'influence néfaste de la constellation du Castor? Ah ce fabuleux castor à la feuille d'érable inaltérable étampée quelque part. Les délires animaliers ne sont jamais bien loin sous le mince vernis de la raison dans ce pays beaucoup trop vaste. Et la raison n'est peut-être plus tout à fait elle-même, mais n'insistons pas trop là-dessus. La raison n'est pas précisément mon rayon, comme vous vous en doutez sûrement déjà. Mais revenons plutôt à notre fabuleux castor national. À l'est et à l'ouest de ce pays rêvé sévit la constellation du castor et une histoire de montagnes et d'océans fantasmés au bout du bout de la route, qui pourraient s'évanouir un bon matin de l'après-midi. Un jour ou l'autre, ou un autre tantôt, il n'est pas impossible que ce fabuleux castor démonte ses océans et ses montagnes pour les ranger à jamais au musée de nos souvenirs d'une nation bicéphale évanouie dans le décor. C'est comme ça.

Et un jour, je dis bien un jour, quand je serai presque mort, je dicterai sans doute ma propre biographie dans les flots mugissants de mes derniers râlements interminables. Quelques centaines de pages de râlements avant de crever pour de bon. L'histoire folle de l'une de mes mille milliards de vies. Et on verra bien ce qu'on verra, ma gang de verrats. Je parle à mes verrats intérieurs, bien sûr. Et on vous refilera aussi ma recette de gigot de castor au sirop d'érable en prime à chaque achat de mon autobiographie posthume de gigolo à gogo. Chez chat qui est chat. Gigot de castor au sirop d'érable et sauce Buckingham au palace de votre palais subtil. Délice royal, crampe terminale.

Je continue de chercher mon foutu dictaphone dans les débris de mon chaos domestique. Mais je n'ai même pas le temps de faire le tour de mon bureau-dortoir-mouroir de la rue des Mammifères repus, où j'habite pourtant, que l'armée débarque déjà devant ma porte. Une armée assez singulière, dois-je dire, qui se faufile comme un joli cobra ailé jusque dans mon petit salon, pendant que je cherche une pelure décente pour vêtir un brin ma beauté. Heureusement que mon string en peau de caribou traîne par terre, là, devant moi, non loin de mon pied nu.

Cette jolie délégation, qui investit les lieux, se compose de trois mirobolantes jeunes femmes, sorties tout droit d'un défilé de mode hyper léché, surtout au niveau de la lèvre pulpeuse. Mais sans négliger le cheveu volumineux, ni la parure exquise, ni sa quasi-transparence qui me transperce les pupilles. Et cætera.

Et cet et cætera là me dessille les yeux en moins de deux. J'ai devant moi trois beautés sublimes, en tenue de combat, c'est-à-dire savamment dévêtues de quelques oripeaux presque vivants qui recouvrent à peine leur épiderme satiné. Une blonde, une rousse et une noire qui se ressemblent à tous points de vue, et même un peu plus. Quelque chose dans mon cerveau décati me suggère subtilement qu'elles s'appellent Aimée Toujours, Aimée D'Amour et Aimée Encore. Et je me dis : « Pourquoi pas? » Car cela me semble plausible et juste assez original. Suffisamment orignal, je dirais, et un peu suranné de caribou. Le suranné de caribou est un autre délice extatique de ma gastronomie très personnelle. Nous y reviendrons sûrement un jour.

Et c'est bien tout ce dont j'ai besoin en cette époque complètement débile. Je contribue d'ailleurs largement à cet état des choses. Bill et Débile s'en vont en bateau. Bill et Débile tombent à l'eau… Agaga ra-ra. Ces trois beautés sublimes, qui viennent tout juste de débarquer dans mon antre de la rue des Mammifères repus, sont-elles plus réelles ou virtuelles que moi? Je ne saurais dire. Un peu comme cette foutue idée de clones de moi-même qui m'a traversé l'esprit de façon prémonitoire, avant même que ce trio de beautés suaves presque identiques n'apparaisse dans mon champ de vision. Il y a des jours comme ça où je n'en reviens plus de l'étendue de mes dons. Don don dondaine, rigodon, don don.

Et je me redis sans cesse que c'est sans doute le jour de ma vie, je dis bien, le jour béni de ma superbe vie infiniment immortelle, qui commence aujourd'hui : le jour d'entre tous les jours, rien de moins. Comme hier et comme demain, en fin de compte. Mais je soupçonne, ah! que je soupçonne! que cette nouvelle synchronicité diabolique risque de me propulser bientôt dans une autre aventure encore plus folle que toutes les précédentes. J'en suis presque sûr. Mais est-ce vraiment nécessaire? Je me surprends moi-même chaque jour à vouloir m'évader de ce monde fini et incommensurable à la fois. Survivrai-je encore longtemps à mes perceptions extra-sensorielles et à ces coïncidences trop étranges qui me tombent dessus à tout moment? Sans même parler de ces trois merveilleuses beautés, peut-être extragalactiques, qui viennent de débarquer chez moi à l'instant et qui m'examinent le squelette à peine vêtu d'un string en peau de caribou. Ces événements incroyables sont-ils attribuables à un surplus d'imagination ou de temps libre? Ou à l'oisiveté créatrice qui mène à tous les vices! Qui sait ce qui est ça, qui est ça, dans ce monde-là ou ailleurs encore et pour toujours. Amen. Mystère et chic la boum, boum, boum.

C'est fou tout ce qui peut circuler dans un esprit aussi véloce que le mien en quelques fractions de seconde. Complètement fou. Il y a des jours comme ça, qui sont assez rares toutefois, heureusement d'ailleurs.

– Bonjour Monsieur Milliard. Comment allez-vous aujourd'hui? me lance Aimée D'Amour, la très jolie rousse de ce trio étonnant.

J'ai vaguement l'impression qu'elle me flatte l'esprit de son regard coquin, cette rousse pyromane de mon âme égarouillée.

– Aucune idée... pas réveillé, ni même vivant, ni habillé, marmonné-je.

Je barbote sans trop m'en rendre compte, vaguement déboussolé devant tant de beautés réunies sous mes yeux ébaubis.

– Monsieur Milliard, fait ensuite Aimée Encore, cette flamme noire aux yeux ardents, nous sommes le Damné trio désincarné, ou DTD, et nous aimerions vous inviter à jouer avec nous.

— Ah, bon, répondis-je. Et à quoi jouez-vous?

— Nous nous jouons de la vie et de la mort, et de bien d'autres choses encore, fait la blonde de sa voix caressante.

— Pas mal comme concept, ajoutai-je avec un frémissement léger de l'occiput.

Soudain, ces trois beautés surnaturelles se mettent à prononcer les mêmes mots, en même temps, comme s'il n'y avait qu'un seul cerveau aux commandes, ou trois cerveaux reliés par un système encore plus étrange.

— Émile Milliard, vous avez été choisi pour jouer un rôle clé dans le monde du Damné trio désincarné. Notre lancerons bientôt notre prochaine tournée universelle d'art total en cavale et nous cherchons ardemment un néant de premier plan comme vous. S'il vous plait, s'il vous plait, s'il vous plait, dites oui, dites oui, dites oui, et… on vous baise à mort sur-le-champ, oups! Merci, merci, merci, mon cher Émile Milliard.

Ces trois merveilles, la rousse, la blonde et la noire, se mettent ensuite à jaser de tout et de rien comme si elles prenaient un verre à la terrasse du coin. Elles font semblant que je n'existe plus, simplement pour m'agacer au plus haut point après leur présentation-choc. C'est assez fascinant à regarder toute cette beauté et ce talent d'interprétation. Et que dire de ces costumes délirants qui folâtrent sur ces corps sublimes? Ces foutus oripeaux qui les recouvrent à peine sont presque vivants, dirait-on. Par les oreilles du cobra de Témiscouata! Quelle vision en ce bon matin d'une autre soirée de gala. Et ce gars-là, c'est tout à fait moi, Émile Milliard lui-même, qui se surnomme maintenant le ouaouaron de l'hyperespace en ce jour singulier. Émile Milliard, Émile Milliard, ce fameux masculin singulier à la chasse perpétuelle au féminin pluriel. C'est bien moi, enfin, je crois. J'essaie de m'inventer un nouveau surnom chaque jour pour éviter la monotonie, et la catatonie par la même occasion. Et hop la vie tant qu'on est dedans jusqu'au cou, cou cou, roucou. Wree beep; beep bop, balou.

— Monsieur Milliard, Monsieur Milliard…, roucoule tout à coup la blonde beauté de ce trio céleste, avant de me décocher un regard de Vénus apprivoisée.

— Mademoiselle? demandé-je.

— Aimée…

– Aimée comment? redemandé-je.

– Aimée Toujours.

– Tous les jours et pour toujours, ajouté-je comme un concombre tranché pas trop mince.

– Viendrez-vous avec nous découvrir l'espace intersidéral, les exoplanètes, l'Univers et quoi d'autre encore? me lance Aimée Toujours de sa voix la plus joyeuse.

– Quand partez-vous?

– Nous sommes déjà presque parties, d'interrompre la rousse, juste avant d'émettre un tout petit rire cristallin qui me chatouille l'oreillette.

– Monsieur Milliard, Monsieur Milliard…, de roucouler à nouveau la blonde en s'approchant subrepticement de mon orgueilleuse personne.

– C'est joli ce que vous portez, lui dis-je, tout en examinant la drôle de bestiole qui remue follement sur son corps sculptural presque nu.

– Vous aimez mon petit ramicorne velu? demande Aimée Toujours avant de flatter la tête de cette drôle de bestiole.

Elle continue de caresser cette étrange peau poilue, garnie de quatre yeux fous, qui grouille sur ses épaules et sa poitrine, tout en me jetant parfois des œillades luxurieuses.

– Quel est son nom? demandé-je innocemment.

– Et si je vous disais qu'elle s'appelle Émilia, est-ce que vous diriez oui à notre proposition? rétorque Aimée Toujours en agitant quelques-uns de ses immenses cils.

– Qu'est-ce que c'est que ce damné trio désincarné? répliqué-je.

À ces mots, les trois filles s'alignent devant moi. Elles placent ensuite un bras autour du cou de leur voisine et elles se mettent à chanter sur un tempo frétillant tout en levant une jambe puis l'autre alternativement. « C'est nous le damné trio désincarné. C'est nous les folles à lier. C'est nous qui vous bouffons tout cru. C'est nous qui vous cueillons tout nu. Vous aurez tant de plaisir à mourir entre nos mains, ma gang de trous de c... »

Les trois baladines continuent de chanter et de se trémousser de plaisir durant un bon petit moment. Les ramicornes, qui s'accrochent à leur peau nue, s'amusent aussi follement tout en poussant leurs cris étranges sur des rythmes syncopés. C'est presque intéressant pendant un petit moment. Mais je me dis ensuite que ces jeunes beautés ont encore pas mal de travail en vue avant de songer à parcourir l'univers et ses banlieues avec leur spectacle.

Je me laisse choir dans mon fauteuil préféré pour regarder la suite. Il est si tôt et rien ne presse vraiment, en ce jour beaucoup trop merveilleux. Et si je tombais raide mort en même temps dans mon fauteuil, ça m'éviterait sans doute un tas d'ennuis à venir. Enfin, pas trop raide quand même. Il est si tôt en ce jour de tous les jours de ma joyeuse vie de gigolo maudit de câline de bine. On respire par le nez et on attend la suite des événements, me dis-je sans trop insister. Et je me mettrais bien un petit quelque chose sous la dent avant de crever de faim. Il me reste sûrement quelques rondelles de cobra qui périssent d'ennui quelque part, me redis-je, tout en imaginant le pas pire du pas trop pire.

– Monsieur Milliard, monsieur Milliard, c'est fou ce que j'aime votre nom, soupire soudain Aimée Encore, la très jolie fille aux cheveux noirs. Émile Milliard, Émile Milliard… je vois tout plein de belles images défiler dans ma tête lorsque je dis votre nom… Émile Milliard, ah…

Moi aussi je vois tout plein de belles choses s'imprimer sur mes pupilles émerveillées. Comme cette superbe mannequin aux cheveux si noirs et à la peau si blanche qui s'approche soudain de moi et qui se penche maintenant vers mon petit corps mort assis dans ce fauteuil. Je sens qu'elle veut jouer, dans tous les sens du terme. Elle se rengorge et me regarde d'un œil coquin. Elle se pavane, son corps délié bouge comme une herbe folle au vent, puis elle se jette sur moi en riant de toutes ses jolies dents immaculées. Ça, ça vous réveille le cobra du Témiscouata en moins de deux. Après cette première accolade, elle éloigne un peu son torse du mien, puis elle niche ses jolis genoux nus entre mes cuisses largement ouvertes.

– Tu veux jouer avec mon ramicorne? qu'elle me dit en déposant son tas de poil de compagnie sur ma poitrine.

Au premier coup d'œil, cette chose vivante ressemble à une pièce de fourrure qui murmure des choses étranges et qui fait rouler ses yeux fous dans leur orbite comme une marionnette. Une sorte de peau de chat ou de matou aplati avec quelques ajouts bizarres, comme ces quatre yeux qui vous regardent jusqu'au fond du rien du tout. De délicieux frissons m'agitent la carcasse tandis que je dépose son ramicorne sur la table basse et que nos regards se croisent et se recroisent ensuite jusqu'au vertige. Qui est donc cette fille étrange sortie tout droit de nulle part qui me regarde avec cet air narquois tellement irrésistible? De qui se moque-t-elle comme ça tout en frémissant si voluptueusement? De moi, je crois bien. Une énergie euphorisante parcourt son très joli corps qui frétille si près du mien. Elle se penche de nouveau vers moi et elle prend ma tête dans ses mains si douces, puis elle colle sa bouche à mon oreille pour me murmurer quelque chose.

– Serez-vous notre muse, monsieur Milliard? Dites oui, et vous ne le regrettez pas.

Pendant ce temps, ses deux copines se sont rapprochées énormément de nous. Je sens leur souffle haletant me caresser l'épaule, la poitrine et le cou. Elles sourient comme des conspiratrices, et elles soupirent, murmurent et gémissent presque déjà de plaisir. Je commence à piger que leurs talents de comédiennes sont beaucoup plus épanouis que je ne l'ai cru de prime abord. J'ai devant et autour de moi de redoutables interprètes rompues à tous les caprices de la comédie humaine et humide. Tant qu'à fantasmer, fantasmons donc.

– Si je ferai mumuse avec la beauté de ce monde? jaboté-je comme un oiseau moqueur.

– C'est bien cela, monsieur Milliard, souffle Aimée Toujours tout en triturant l'extrémité de l'une de ses mèches blondes entre ses doigts.

– Ça mérite réflexion, répondis-je avant de lâcher un rot gras de gros gars.

Les trois beautés se relèvent en chœur et jouent à la perfection leur dégoût profond devant mon éruption de gaz stomacaux. Leur nouvelle saynète est d'une drôlerie irrésistible. Les trois filles ont des haut-le-cœur à répétition, elles font semblant de vomir sur mon corps presque nu à tour de rôle et elles finissent par roter encore mieux de moi. Stimulées par ce début de prestation des plus comiques, elles s'alignent de nouveau afin de poursuivre l'interprétation de leur chanson grivoise de tout à l'heure.

– Émile Milliard... petit salopard, Émile Milliard, petit porc de petit lard. Et si tu nous prêtais ton joli petit corps? Viens avec nous dans l'espace-temps. Avec Aimée Toujours, Aimée d'Amours et Aimée Encore, y a rien de plus jouissant. Viens découvrir le bizarre, du bizarre, Émile Milliard. Émile Milliard, on l'aime à mort, notre petit porc.

Jusque-là, leur mignon spectacle est tout à fait charmant. La blonde, la rousse et la noire se trémoussent avec un enthousiasme contagieux qui ferait giguer des caribous agonisants. Leurs paroles improvisées ne sont pas toujours tout à fait au point, mais leur énergie folle ne se dément pas. Soudain, leur sketch en cours prend une nouvelle tournure qui me projette l'esprit beaucoup plus loin que je ne l'aurais souhaité en ce si bon matin de l'après-midi.

Les trois filles ont modifié leur position initiale en ligne pour se placer à la file indienne, droit devant moi. Aimée D'Amour, la superbe rousse au corps si aguichant se trouve au premier plan. Et je vois aussi apparaître et disparaître tour à tour le corps, les bras, les jambes et la tête de ses deux compagnes qui bougent en cadence, l'une derrière l'autre. Les trois Aimée me proposent une chorégraphie inspirée des meilleures comédies musicales. J'escompte incessamment l'exécution d'un effet visuel très spécial pour accompagner leur nouvelle prestation. Pourquoi pas une planète géante en fond de scène et des morts-vivants en motoneige un soir de janvier? Ou des caribous en skidoo? Cette canicule de fin juillet, qui perdure depuis mai, me donne parfois à rêver que je me roule dans la neige tout nu après une trempette dans un lac quasi congelé. Mais que se passe-t-il donc avec mon imagination débile en ce matin de tous les matins?

Le numéro des trois Aimée vire rapidement la place à l'envers et moi de même. Ces beautés suaves bougent sur un rythme absolument séduisant qui devient vite ensorcelant. Elles créent elles-mêmes une musique envoûtante avec leurs mouvements si bien synchronisés. Les trois danseuses atteignent maintenant une telle cohésion dans leurs gestes que l'on pourrait croire qu'ils émanent d'un seul être vivant. Je demeure captivé un long moment par la fluidité de leur chorégraphie et l'harmonie étrange qui s'en dégage. Dans leur gestuelle survoltée, je crois voir apparaître de temps à autre une nouvelle femme incroyable, dotée de trois têtes, de six bras et d'une multitude de jambes, si joliment galbées d'ailleurs. Je ne peux faire autrement que d'applaudir cette présentation des plus réussies. J'ajoute même un petit sifflement admiratif avec deux doigts glissés entre mes lèvres. Fiuuuufutttt !

— Merveilleux, les filles, vous avez un chien d'enfer! Bravo! Encore.

Excitées par mes remarques dithyrambiques, mes trois danseuses accélèrent le rythme. Leurs mouvements de plus en plus rapides produisent un effet quasi stroboscopique qui électrise mon attention déjà survoltée. Cette accélération rythmique donne soudain naissance à un phénomène de persistance visuelle plutôt déboussolant. Et je vois maintenant un nouveau personnage complètement distinct des trois Aimée, qui apparaît soudain au milieu de leur pantomime déchaînée. Une sorte de déesse de l'hyperespace encore plus excitante que mes trois danseuses réunies en un seul corps merveilleusement épanoui, gracieux et voluptueux. Je n'en crois pas mes yeux et que dire de mes oreilles. Cette nouvelle entité prend soudain toute la place et elle m'apostrophe d'un regard d'abord sévère, puis voluptueusement enjôleur, avant de me causer.

– Émile Milliard, Émile Milliard, mon joli pétard, il y a mille milliards d'univers qui se languissent de vous découvrir, mon chéri.

Heureusement que je suis confortablement assis dans mon fauteuil préféré, car je sens que je pourrais tomber par terre en catalepsie devant cette vision époustouflante. Qui est donc cette apparition sublime qui vient de naître dans le tourbillon effréné de mes trois danseuses délurées, Aimée Toujours, Aimée D'Amours et Aimée Encore? Aimée Desanges, peut-être?

Je commence sérieusement à me demander si je suis vraiment réveillé. J'essaie aussi de me rappeler ce que j'ai bien pu consommer au cours de la soirée précédente pour halluciner comme ça de si bon matin. Encore mes foutus mélanges de champignons noirs cultivés en apesanteur, relevés de mini-rondelles de cobra à la sauce piquante, avant d'aller dormir sans doute. Comme d'habitude, devrais-je dire. Sans compter tous mes autres mélanges explosifs ingurgités ici et là au fil de la journée. Je ferme les yeux un instant pour essayer de remettre mes mémoires à niveau. Des cyclones de pensées folles tourbillonnent en vrac dans mon vide intérieur. C'est presque aussi délirant à l'intérieur qu'à l'extérieur en fin de compte. J'essaie de me cramponner à quelque chose, mais tout se décompose inexorablement. Je perds le fil et je crois bien que je m'évanouis ou peut-être même que je tombe endormi ou dans le chaos du coma. C'est ça qui est ça. Pendant combien de temps suis-je resté assis là, perdu dans mes pensées décarcassées? Enfin, si on peut appeler ça des pensées. Je rouvre les yeux avec une certaine appréhension.

Je vois les trois filles qui se préparent à quitter mon bureau-dortoir-mouroir de la rue des Mammifères repus après leur numéro de danse qui a failli me tuer d'extase intense.

– Nous reviendrons bientôt, bien avant la fin du monde, soyez-en assuré, mon très cher Émile Milliard, me lancent-elles en chœur.

Puis, elles se poussent toutes les trois, aussi prestement qu'elles étaient apparues, en ricanant follement.

Je referme les paupières en me disant qu'un spectacle aussi délirant, c'est beaucoup trop pour une seule journée, laquelle est d'ailleurs à peine commencée, si je me souviens bien. Je retourne donc vers mon lit d'un pas incertain sans même rouvrir les yeux. Pendant que je dépose les restes de ma cervelle sur mon oreiller, je me dis que mon système vidéo a sûrement enregistré toute cette scène démente. Je n'aurai donc qu'à regarder la reprise, cet après-midi, en soirée d'une autre nuit à venir ou même un peu plus tard, s'il le faut absolument, pour essayer d'y comprendre quelque chose ou rien du tout.

Comme dira peut-être quelqu'un qui croisera possiblement mon chemin un jour : « Si la nuit porte conseil, le petit matin demeure aléatoire pour les gigolos fêlés qui rotent sur l'oreiller. »

Et il faudra sans doute que je veille à réduire un peu ma consommation de rondelles de cobra mariné. Surtout avant d'aller au lit, un peu n'importe quand, mais pas avec n'importe qui, bien sûr. Ne suis-je pas le joyeusement célèbre Émile Milliard? Le gigolo le plus chic et excentrique de toutes les foutues banlieues débiles de cette planète pourrie marinée dans la sauce de boa. Burp!

C'est fort possible, mais je n'en dirai pas plus pour le moment. Et tant et aussi longtemps que mon conseiller animal, mon mentor aux trois mentons, demeurera dans le coma du chaos, aux soins intensifs, sur une plage des Caraïbes. Une autre histoire comme on en voit peu, heureusement d'ailleurs. Zzz...

***

Chapitre 2
Un autre jour à la noix

Je m'éveille à nouveau en plongée profonde dans une vision des plus bizarre et plutôt excitante. Des images de mes trois damnées danseuses, Aimée Toujours. Aimée d'Amour et Aimée Encore, frétillent maintenant sur les écrans de mon cinéma intérieur dans un décor d'explosions d'étoiles en supernova ou quelque chose comme ça. Je ne sais trop pourquoi, mais je sens que mes trois beautés suaves se préparent à me refaire le coup de la pantomime folle qui décape les neurones en profondeur avec apparition sulfureuse en prime. Ou quelque chose d'encore plus sauté, si cela se peut. Ah ces sacrées rondelles de cobra mariné! Il faudra bien que je renouvelle mes provisions d'ici peu, c'est trop merveilleux.

Cette vision des trois Aimée se poursuit tandis qu'elles se repositionnent maintenant en file indienne et qu'elles se remettent à bouger follement toutes les trop jolies parties de leur corps sublime sur une musique envoûtante. Ça recommence à tanguer dangereusement dans les restes de mon cervelet sinistré. Je m'attends déjà au pire du meilleur une fois de plus, mais cette vision troublante s'évanouit bientôt en raison de quelques éternuements irrépressibles qui me déchaussent les poils du nez à l'improviste. Atchoum, atchoum, atchoum, etc.

Mes éternuements en série me replacent temporairement les neurones dans le sens du vent, il me semble, et cela me donne à penser qu'un bon lavage de cerveau me ferait sans doute le plus grand bien. Je me gratte un peu l'occiput en essayant de me rappeler le jour de mon dernier nettoyage cervical, mais je n'y parviens guère. J'en conclus subtilement que ce n'est sans doute pas avant-hier l'avant-veille d'un lendemain radieux que je me suis livré à un tel exercice d'hygiène mentale. Enfin, selon ma vision personnelle de la santé mentale, si vous voyez ce que je veux dire. Moi non plus d'ailleurs, mais je continue toutefois de me palper distraitement la boîte crânienne du bout des doigts. Comme si je pouvais sentir une accumulation toxique d'images folles sur mes disques mous, qui risquerait de me faire dérailler encore davantage, en m'examinant ainsi le coco comme une noix du même nom. Ce qui n'est pas nécessairement une perspective des plus joyeuses. N'est-ce pas, ma gang de cobras? Eh bien oui, il semble que j'héberge maintenant quelques cobras dans le labyrinthe incommensurable de mon for intérieur. Il n'y a rien de trop boa pour votre joyeux serviteur.

Je me lève de mon grabat de la rue des Mammifères repus et j'enfile quelques pelures très légères de saison. Mû par une inspiration soudaine et inexplicable, j'envisage maintenant d'affronter cet après-midi de canicule dans les rues de cette ville unique, Québec, tralala. Avant de quitter mon antre, je constate que mon climatiseur fonctionne au maximum, et que la température de mon salon atteint presque déjà un seuil critique malgré tout. Je n'ose imaginer la température extérieure. J'ouvre pourtant la porte avec l'idée folle de pénétrer dans ce sauna de la dernière chance, juste avant la friture fatale. J'ai vaguement l'impression d'entrer en enfer par la porte d'en arrière. Un enfer tropical qui vous saisit jusqu'aux tréfonds de vos cellules pour vous retourner à l'envers en moins de deux. Cette chaleur cuisante me rend légèrement euphorique, enfin, un tout petit peu plus qu'à l'habitude, il me semble. Au lieu de me sentir écrasé par cette température délirante, on dirait que je flotte déjà au-dessus du trottoir, qui me semble presque aussi mou que moi, lorsque mes pieds l'effleurent. Il fait chaud en tabernouchtre de calvinasse.

Je marche vers le quelque part ou l'ailleurs. J'y arriverai bien un jour, ou l'autre. J'ai tout mon temps. La vie c'est mieux que rien. La vie : c'est mieux que rien. Voilà quand même une petite dose de sagesse quotidienne concentrée en très peu mots. Je n'en reviens pas moi-même de mes fulgurances poétiques du tout ou rien. Le toutou du rien du tout, c'est bien moi. Ou bien alors, que diriez-vous de cette autre maxime du petit déjeuner de l'après-midi : la vie, ça ne ressemble à rien, la plupart du temps. Il y a un peu de sagesse là aussi, il me semble. C'est ça qui est ça. Chez chat qui est chat.

La fin d'après-midi de ce jour fleuri, mais bouillonnant, fond lentement sur cette vieille ville si charmante. Mais pas si vieille que ça non plus. Quelques siècles seulement. La ville de Québec est encore une poulette du printemps. Aucun pharaon vivant n'est venu fouler son sol en voyage de noces, même dans ses rêves les plus fous. Et il n'a jamais été question de prolonger la grande muraille de Chine jusqu'au cap Diamant. Enfin, pas à ma connaissance.

Une fois ces deux questions capitales dûment réglées, il nous est loisible d'aborder des sujets plus sérieux, je crois. Comme la déambulation nonchalante de ces meutes de touristes qui jacassent dans une foule de langues, les pas trop pressés de ces marcheurs qui arpentent les rues et les trottoirs brûlants ou bien le vol de ces oiseaux rares qui planent ici et là à la recherche de quelques miettes de pain ou de rien.

La vie c'est mieux que rien, mais ça ne remplacera jamais tout ce que l'on a perdu en venant au monde. Tiens, tiens. Voilà une nouvelle idée mirifique qui se montre le bout du nez dans ce sauna citadin. La vie avant la naissance. La vie avant la vie et tutti quanti. Sujet vaste et inépuisable, qui m'épuise pourtant déjà avant même d'y repenser un tant soit peu en tournant le coin de cette rue cuite à l'os par un soleil impitoyable. Moi qui excelle généralement dans la vacuité de la pensée, je sens que je vais être servi aujourd'hui. Cette chaleur époustouflante opère déjà un certain nettoyage par le vide de mes pensées résiduelles. Rien de bien nouveau, je dirais, mais c'est déjà presque trop beau par une température semblable.

« Ouais, ouais, ouais… C'est ça… c'est ça… c'est ça qui est ça… Chez chat… chez chat… chez chat qui est chat… ma gang de rats. Agagou ra-ra. Tchic-a-tchic, pow wow, mon pitou… Et si, et si, et si… Et ça, et ça, et ça… »

Je marche au rythme de mes pensées décomposées sur ce trottoir légèrement mou, mais tout de même respectable. Je sens qu'il serait grandement préférable de ne pas s'y écraser la figure à deux cents kilomètres-heure, éjecté d'une bombe volante ou autrement, par une cliente plus ou moins satisfaite, par exemple. Ce n'est qu'un exemple, bien sûr. Ce n'est pas le genre de déboire qui pourrait arriver à votre auguste serviteur. Enfin, n'insistons pas trop là-dessus quand même.

Au moment où je radote silencieusement une nouvelle série de « et ça, et ça, et ça », j'arrive face à, devinez quoi? Un coin de rue, oui, bien sûr, mais qu'y a-t-il de l'autre côté de ce coin de rue, ou plutôt qu'y a-t-elle? Ah, ha… Vous avez parfaitement deviné une fois de plus, bravo! Vos progrès incommensurables ne cessent de m'épater. Je vais finir à quatre pattes si vous continuez comme ça. Il y a là, devant moi, une très jolie jeune femme qui s'excuse maintenant d'avoir télescopé son joli corps avantageusement libéré sur le mien dans un moment de distraction. Saint simonac de tabarnouche de Péribonka, quel est ce joli pétard, wow, wow.

Fidèle à mes principes de courtoisie et à mon code d'éthique personnel promulgué récemment, je me montre merveilleusement ravi d'accepter ses excuses les plus joyeuses, oiseuses ou fallacieuses, enfin peu importe. Tout ce qui compte pour le moment, c'est son très joli minois et son sourire irrésistible qui frise presque le rire malicieux, déjà. Eh bien oui, pourquoi pas. Et je me dis que le choc de cette rencontre inopinée promet déjà énormément pour la suite de cet après-midi torride, dans tous les sens du poil. S'il en reste quelques-uns, bien sûr, mais ça me surprendrait beaucoup. Simple intuition masculine, si tant est qu'elle puisse exister ici ou ailleurs.

Mystérieusement subjugués par ce coup du sort qui vient de nous éjecter de nos pensées profondes en une fraction de seconde, nous voilà instantanément prêts à faire plus ample connaissance, me semble-t-il.

– Je suis désolée, mon cher monsieur, redit la très jolie demoiselle, encore sous le choc de notre collision sublime.

– Fabuleusement désolé et… éminemment ravi à la fois, répondis-je d'une voix enjouée qui me surprend à peine.

– Un ravissement partagé, ajoute la belle inconnue avec un sourire céleste qui me chatouille déjà le quelque part de l'autre chose.

Puis, cette superbe jeune femme terriblement attirante s'esclaffe d'un rire très légèrement égrillard qui lui tenaille les côtes un petit instant du rien du tout. Ou la boula, quelle vision époustouflante. Je me perds avec plaisir dans ces notes cristallines et limpides tandis que l'effet de ses mimiques félines me caresse les idées de la tête aux pieds. Aïe, aïe, aïe. Quelle merveille que ce joli brin de fille! Je détaille un moment ses atouts impressionnants. Il me semble que j'ai déjà vu quelque part cette beauté désinvolte aux longs cheveux noirs. Elle s'approche, soudain de très près, que dis-je, elle ondule de toutes ses courbes exquises jusqu'à moi, elle pose ensuite ses mains sur ma poitrine et elle rit encore de plus belle.

— Regardez ce que j'ai fait à votre chemise, réussit-elle finalement à glisser, après un autre rire sublime.

J'examine ses longs doigts effilés aux ongles violets, qui pianotent sur ma chemise à la hauteur de ma poitrine. Et je vois tout à coup le dessin de son rouge à lèvres imprimé sur le tissu blanc. Nous restons là un moment, les yeux dans les yeux, comme des beautés de grand luxe égarées dans un message de cosmétiques cosmiques, le temps d'un instant suspendu aux volutes du vide intersidéral. Puis, la demoiselle laisse filtrer un autre rire léger en examinant cette représentation de ses lèvres surgie comme par magie lors de notre collision frontale.

— La marque de la bête, glisse-t-elle d'une voix faussement dramatique.

— Une bête extraordinaire… que j'aimerais bien découvrir, ajoutai-je.

— Je vous invite à m'inviter, réplique-t-elle.

— Et où irions-nous comme ça?

— Où nous irons, j'irai avec plaisir, déclare-t-elle mystérieusement.

— Dites donc, parlez-vous toujours bizarre comme ça?

— Venez avec moi, jeune homme, me lance-t-elle avec une assurance sereine.

Cette femme étonnante glisse soudain son bras sous le mien comme si nous nous connaissions depuis la création du monde. Pendant que nous marchons, elle me décline son nom, d'un simple: « Moi, c'est Ève Adam », et elle s'enquiert du mien par la même occasion. Elle répète mon nom à voix haute à quelques reprises. Émile Milliard. Émile Milliard. Émile Milliard. Le frémissement suave de son élocution divine me ravit presque autant qu'elle-même et me propulse quasiment dans quelque stratosphère inconnue à découvrir au plus tôt. Ayoye, tabaslak. Heureusement, très heureusement dirais-je même, elle s'accroche merveilleusement bien à mon bras, et moi de même par cet après-midi torride. Car je sens déjà l'attraction terrible du bleu du ciel sur mon corps – ah! mon corps, mon corps, mon corps – enfin surtout sur certaines parties de cette chose exceptionnelle qui m'accompagne presque partout sur cette planète.

Bras dessus, bras dessous, nous marchons en placotant de tout et de rien pendant un bon petit moment de pur délice verbomoteur. Notre conversation décousue rebondit inévitablement sur cette chaleur torride qui métamorphose étrangement l'atmosphère de cette ville et le comportement des gens. Nous nous égarons également dans quelques remarques frivoles sur des passants au look plutôt original, que nous croisons ici et là, et qui nous font pouffer de rire. Et encore et toujours, cette impression confuse et fugitive revient me caresser l'esprit en filigrane de notre joyeuse déambulation. Ce saisissement incompréhensible, qui me porte à croire que j'ai déjà vécu ou que je vivrai un jour des moments semblables, voire identiques, dans un autre univers, un autre temps, un autre corps, une autre ville, une autre vie. Je commence à trouver que l'ailleurs s'agite déjà beaucoup trop dans les méandres de mon inconscience, alors que l'ici et le maintenant semblent pourtant divinement passionnants.

— Et où en êtes-vous donc rendu dans toutes vos merveilleuses aventures, mon cher Émile Milliard? me souffle tout à coup ma compagne du moment,

Cette mystérieuse Ève Adam s'arrête, se tourne vers moi et me regarde maintenant de ses grands yeux noirs.

— Excellente question, lui répondis-je. Si seulement je le savais, je vous le dirais avec grand plaisir.

— En ce moment précis, où êtes-vous?

— Ici même, devant vous, ma chère Ève, balbutié-je.

— Ah bon. Mais en êtes-vous vraiment sûr? réplique-t-elle tout en m'examinant de ses si jolis yeux.

Je me perds dans son regard impénétrable durant un bon moment sans arriver à formuler une réponse quelconque à sa question énigmatique. Je n'ai jamais été le genre de personne à être sûr de quoi que ce soit dans cet univers si fluctuant. J'ai tou-jours douté de presque tout, et souvent même de ma propre existence en ce monde. Et même de ce monde entier, ce monde entier qui tressaille d'espérance, de joie et de bien d'autres choses encore.

— Ce monde n'est pas ce que vous croyez, dit-elle simplement comme s'il s'agissait d'une évidence irréfutable.

— Je crois en si peu de choses, vous savez, ma chère Ève.

— Croyez-vous que j'existe, au moins.

— Je crois que oui, répondis-je.

— Vous avez sans doute raison. Mais essayez donc de me toucher vraiment.

— Je ne tiens pas tant que ça à avoir raison, vous savez.

– Vous dites n'importe quoi, mais si joliment, mon très cher Émile.

Des frémissements fourmillent à la surface de ma carcasse pourtant soumise à la chaleur écrasante de cet après-midi torride de juillet. Je m'approche encore plus près de cette Ève Adam, si toutefois cela s'avère possible, en me disant qu'elle va disparaître sous mes yeux dès que nos corps tenteront de s'arrimer ou de s'amalgamer. Ève l'évanescente. Je ne sais trop pourquoi, mais je me dis que c'est sans doute une femme aussi insaisissable qu'un cobra proprement savonné un samedi soir de carnaval. Ce n'est peut-être pas le meilleur exemple disponible actuellement, je vous l'accorde. Ève et l'évanescence. Ève et Adam, comme le premier homme. Ève Adam, la fugitive du paradis à la recherche d'un homme perdu, moi-même en l'occurrence, ici-bas et pour toujours. Hum… Qui d'autre que votre orgueilleux serviteur pour tenir ce rôle d'entre tous les rôles? Hein?? Hein?? Pas de panique dans les estrades mes petits comiques. Et mes cancrelats intérieurs, qu'en penseraient-ils, croyez-vous? On y reviendra peut-être plus tard, si vous êtes sages.

Cette Ève Adam là est pourtant toujours entièrement présente, devant moi, dans toute sa splendeur charnelle des plus charmantes. En tout cas, son corps palpite entre mes bras et elle ne semble pas avoir le goût de se pousser ailleurs pour le moment. Elle roucoule déjà et j'en ai presque le goût moi aussi, alors pourquoi pas? Pourquoi ne plongerions-nous pas dès maintenant dans le chaos sublime de l'amour fou en dépit de tout et encore davantage? Et au mépris de toutes les pseudoréalités complètement nulles de tous ces vieux croûtons accros au passé de la connerie institutionnalisée. Hum, hum. Fuckw. Ma gang de rats. Ra-ra-ra. Je m'emballe parfois un peu de la sorte, mais si rarement après tout.

Surpris, doublement ravi et j'en passe, je constate assez rapidement que cette Ève-là n'a rien du cobra, ni vivant, ni en rondelles, ni mariné, ni autrement. Cette Ève-là, qui se blottit au creux de mes bras, de ma poitrine et de bien d'autres choses, ne semble pas avoir le goût de s'éclipser de sitôt. Je dirais même le contraire, sans trop risquer de me tromper.

– Émile, Émile, Émile, susurre-t-elle bientôt d'une intonation raisonnablement alanguie en s'épanchant sur mes reliefs personnels.

– Oui, oui, oui, oui, et… oui, répondis-je sans toutefois insister indûment.

– Émile Milliard de feux d'artifice dans ma tête en folie, lance-t-elle ensuite avant de perdre connaissance et de choir en direction du trottoir.

J'essaie tant bien que mal de retenir ce corps sublime qui me glisse soudain entre les pattes comme une vague de plaisir détournée de son objectif ultime. On dirait une enveloppe corporelle temporairement vidée de ses os, et peut-être même de ses muscles et de ses nerfs, qui coule vers le sol, tel un cadavre ratatiné par un désosseur professionnel. Eh bien oui, c'est comme ça que ça se passe ici même, en cet aujourd'hui déconcertant. Pas toujours facile la vie de gigolo de luxe, n'est-ce pas? Cette situation complètement folle me rappelle une scène démente qui tourne parfois en boucle sur les écrans de mon cinéma personnel, mais j'ai autre chose à faire pour le moment. Ce n'est vraiment pas le temps de fucker le chien avec la puck, comme on dit parfois dans les stratosphères de notre sport national, car une femme sublime se liquéfie entre mes bras, rien de moins.

Au moment précis où je me redemande ce que je pourrais bien faire avec ce corps vagabond qui menace de se déverser sur le trottoir, cette excessivement mystérieuse Ève Adam revient subitement à la vie, dans mes bras surpris, et moi aussi. Hi, hi.

– Ah, ha! lance-t-elle, telle une tourterelle qui se serait effarouchée elle-même.

– C'est quoi votre truc, là?

– Je suis une sorcière, votre sorcière personnelle, mon très cher Émile Milliard.

Ève Adam rit de toutes ses dents. Ah ces dents, ces dents, ces dents, ces dents-là qui me déchiquettent les idées. Et elle me regarde encore de ses grands yeux noirs impénétrables comme des diamants éclairés par une lune égarée. Ah ces yeux. C'est plutôt mystifiant toute cette quincaillerie humaine quand on y réfléchit un brin de trop. Enfin, je préfère largement la voir ricaner dans toute sa splendeur plutôt que de la sentir s'évanouir et disparaître, comme liquéfiée sur le trottoir.

– J'adore les jolies sorcières, glissé-je subtilement.

– Non, je blague. Je suis une artiste de l'espace-temps, répond Ève Adam.

– L'espace-temps?

– Oui, le Théâtre de l'espace-temps, C'est tout près d'ici. Vous connaissez?

– Pas du tout.

– Je vous ferai visiter un jour. Pour le moment, délivrez-moi, je vous en prie, monseigneur, je vous en prie, délivrez-moi, ajoute-t-elle d'une intonation trop subitement dramatique.

– De qui, de quoi, pour l'amour du ciel et peut-être même de l'enfer? répliqué-je sur le même ton ou à peu près.

– De moi, de nous, de vous, d'eux, de la vie, de la mort, de l'amour, des vautours, des sarcophages climatisés... et de tout le reste.

– Avez-vous quarante-huit heures?

– J'ai tout mon temps... mais seulement jusqu'à dix-sept heures.

– N'en perdons pas une seconde alors, ajouté-je en reprenant son bras nu le long du mien et sa main dans ma patte de gorille civilisé.

Nous voilà donc repartis à trottiner sur ce trottoir vers je ne sais trop où, mais ça viendra sûrement. Une fois de plus, je me félicite silencieusement de ma participation récente à ces ateliers d'improvisation verbale. Grâce à ces exercices farfelus, je peux maintenant soutenir les conversations les plus folles avec n'importe qui ou presque. Même une jolie sorcière complètement sautée. Et je brûle d'envie de l'interroger sur les aspects pratico-pratiques de son petit numéro de liquéfaction corporelle qu'elle vient de me présenter. Cette Ève Adam me semble dangereusement allumée tant sur le plan du langage que de la prestidigitation. Ah ces femmes artistes! Pas toujours reposantes, mais il n'y a rien de tel pour vous garder en forme. En forme de quoi, c'est une autre affaire.

– Vous aimeriez sans doute que je vous arrache votre chemise avec mes dents? me chuchote-t-elle à l'oreille tandis que nous arrivons en vue de la terrasse Dufferin.

– Tiens donc, je pensais justement à votre bouche, curieuse coïncidence, n'est-ce pas?

– Et si vous me baisiez comme une bête, là-bas sur ce banc, après m'avoir fouettée et attachée avec des chaînes, par exemple? d'ajouter ma jolie sorcière de l'espace-temps.

– Et si je vous fouettais avec mon corps nu? ajouté-je dans un esprit purement sportif.

– Et si vous me fouettiez encore et encore... jusqu'à la mort?

– Et si on s'envoyait un petit sexpresso quelque part avant de virer complètement fous?

– Je vous adore, mon petit Émile. Mais je pourrais aussi bien vous dévorer, ajoute-t-elle avant de me montrer toutes ses merveilleuses dents dans un sourire acéré vaguement assassin.

Quelque chose de joyeusement barbare palpite dans ce petit corps de démone, qui se vautre soudain sur le mien, pendant qu'elle me chatouille les amygdales de sa langue fourchue. Ce baiser fougueux et interminable me propulse l'esprit dans une déflagration d'images délirantes qui me taillade la cervelle. Enfin, s'il m'en reste encore un peu. Et ma bonne vieille carcasse ne vaut guère mieux, je dirais, après cette inspection bucco-cervicale des plus humide et endiablée. Je me sens comme si on m'avait fouillé de la tête aux pieds à la recherche de quelque chose de mystérieux, d'une information secrète dissimulée dans mes cellules ou mes atomes ou pis encore. Si on me disait que cette Ève Adam vient de m'analyser en profondeur le cerveau, le code génétique ou quelque chose du genre, je n'en serais guère surpris. Quant à cette nouvelle moitié de moi-même, qui s'enroule maintenant autour de mon corps comme une ventouse serpentine, en cet après-midi de chaleur intense, j'irais jusqu'à préciser que la chose n'est pas désagréable du tout, malgré la suée qui s'ensuit.

Cette Ève Adam cherche à s'approprier une partie de mon petit puzzle personnel, j'en suis presque certain. Ou alors c'est moi qui possède une partie du sien qu'elle veut récupérer in vivo. Bizarre, bizarre. Trop bizarre. Cette aventure me rappelle quelque chose de très bizarre, mais quoi exactement, je ne saurais dire. Un film, un livre, un jeu vidéo, une pièce de théâtre, une improvisation, une sculpture inuit, une bouteille de champagne? J'y repense dès que j'ai une minute à moi et je vous en reparle un de ces jours. Chose certaine, la symbiose ou la synergie de certains de nos éléments respectifs promet de beaux moments à venir, il me semble. S'il y a encore un avenir quelque part, bien sûr. Et à moins que mon charmant cerveau fêlé ne soit déjà prêt pour le recyclage. Et mon corps, et mon corps alors, mais est-ce encore mon corps à moi, cette chose pantelante qui s'agrippe à ma démone du jour? Ouah, ouah. Je n'oserais trop m'étendre sur le sujet.

Lorsque je sens la langue d'Ève Adam s'enrouler de nouveau autour de la mienne comme si elle voulait la déguster en guise de collation, je vois des mondes surgir du néant, je sens des étoiles se former dans des nuages interstellaires et j'essaie de continuer à respirer. Ce n'est pas facile, mais j'y parviens presque. Un jour, je finirai sans doute mariné dans le vinaigre comme une langue de porc. Ou dans le jus de rutabagas. Ou ailleurs. Un ailleurs particulièrement vaste que j'ai peine à imaginer pour le moment, dois-je ajouter. Mais ça viendra sûrement, un jour ou l'autre. Surtout si on insiste avec des arguments pécuniaires de premier choix ou d'autres avantages incommensurables.

D'ici là, je me dis qu'une petite promenade et un peu de sexe fou avec cette sorcière sautée seraient sûrement de mise. Et pour-quoi pas ici et maintenant, en plein milieu de l'après-midi, sur cette terrasse Dufferin quasi déserte en raison de cette canicule dévorante?

Un bateau de croisière passe en face de nous sur le fleuve Saint-Laurent, au moment précis où nous nous affairons à découvrir certaines aspérités affriolantes de nos corps sublimes. Sur le pont supérieur de ce navire, des groupes de vacanciers semblent ravis d'admirer cette fameuse terrasse Dufferin – où nous nous employons à baiser la canicule – le Château Frontenac, les fortifications et bien d'autres beautés indescriptibles de cette ville si affriolante, Québec l'envoûtante.

Tuuuuut! Tuuuuut! fait la sirène de ce bateau à quelques reprises au grand plaisir de ses passagers qui se mettent à applaudir.

La vie est un théâtre. Les êtres humains sont des acteurs de passage qui reprennent tour à tour la même pièce depuis le début des temps. La vie se suffit à elle-même dans la seule perspective d'assurer sa propre survie. L'individu n'a rien à espérer de ce cirque immémorial. Il n'aura été qu'un signe sur une des innombrables pages du grand livre de l'univers rédigé avec des grains de sable.

Et un vent violent revient invariablement dévaster la scène entre les représentations.

Mais pas ici. Pas en ce moment, en tout cas. Le vent se contenterait sans doute de charrier nos rugissements de bêtes en rut, si seulement il osait nous montrer de quoi il est capable. Si seulement il osait se montrer tout court. Vous avez déjà vu l'homme qui a vu le vent? L'homme qui a vu le vent tourner lorsqu'il exécutait sa meilleure baise du jour. Je ne vous le souhaite pas. Grrr… Mmm, mmm…

***

Chapitre 3
Rien de trop beau, ma cocotte

C'est l'histoire d'un gars, l'histoire d'un gars qui adore les cobras et les rondelles de python mariné au petit déjeuner. C'est l'histoire d'un gars qui rencontre les filles les plus extraordinaires et qui s'immisce dans leurs rêves les plus fous. Ou, ou. Où ailleurs, bien sûr. Ce n'est pas le beau choix qui manque sur ces modèles de luxe qui me poursuivent jour et nuit.

Que voulez-vous, on a tous nos ennuis dans la vie, chacun notre lot de petites misères. Pour ma part, je suis constamment traqué par les plus belles femmes au monde, rien de moins, dès que ma face sublime apparait quelque part. On ne choisit pas son destin. Arrêtez-moi quelqu'un, je vais finir par hurler à la lune. Car c'est bien un soir de pleine lune. Au cas où vous ne l'auriez pas remarqué. Ce n'est pas si évident que ça jusqu'à présent, je vous l'accorde. Un soir d'éclipse totale de pleine Lune serait sûrement préférable, mais un peu de patience, que diable, ça viendra bien un de ces quatre. Vous ne perdez rien pour attendre.

Or donc, c'est l'histoire d'un gars, un soir de pleine lune, mais sans éclipse, un gars qui se dit, à un moment donné, un gars qui se dit qu'il commence à avoir faim. À un moment donné, le gars se dit que des rondelles de cobra pour déjeuner, c'est mieux que rien. Mais il se dit aussi que son dernier petit déjeuner est déjà bien loin, et qu'il y a toutes sortes d'autres choses à déguster dans la vie. Et peut-être même après cette vie-ci, mais il n'y a rien qui presse comme on dit parfois. Et le gars continue de marcher comme s'il s'en allait quelque part avec une idée en tête. Une idée qui serpente dans ses pensées les plus folles. Une idée qui saccage sa caboche trop légère et toujours prête à s'envoler, hé, hé… Une sorte d'idée bizarre en fin de compte, un peu comme d'habitude, pas de panique mes petits comiques.

En ce soir de tous les soirs, je marche donc ici et là, et même ailleurs dans l'espace-temps, en radotant dans ma tête des mots inutiles sur des airs de rien. Des airs que personne n'interprétera jamais sur aucun instrument connu à ce jour. C'est facile et impossible à la fois. Mais j'ai l'habitude. Je courtise l'impossible depuis si longtemps déjà. Et il me le rend au centuple. Nous formons un vieux couple. Moi et l'impossible. Émile Milliard et l'impossible. Le prochain duo comique des banlieues maudites, d'Aldébaran à Cassiopée en passant par Saint-Gédéon-de-Maskinongé : Émile Milliard et l'impossible. Émile Milliard et la tête de la bête. Émile Milliard en tête à tête avec la bête.

Ce fabuleux Émile Milliard, votre très humble serviteur, passe maintenant devant un bar barbare en cette soirée de tous les possibles. Hé bien oui, c'est tout à fait moi, votre joyeux guide en cette cité mirifique, Québec la coquine, un beau soir de canicule de juillet 2033. Je suis particulièrement facile à reconnaître. Parlez-en à toutes ces demoiselles en chaleur qui ont croisé ma route par le passé, elles vous le diront. Agagou ra-ra…

Je pénètre de ma démarche olympienne dans ce cénacle de l'improbable, ce bar barbare où s'agite et palpite une foule hétéroclite de jolies jeunes femmes toutes plus stupéfiantes les unes que les autres. C'est une sorte de version moderne du paradis retrouvé, ouvert toute la nuit, et peut-être même un peu plus tard, si on fait ami-ami avec la patronne et ses sbirettes de carnaval. Il y a aussi quelques mâles dissimulés çà et là pour mettre un peu de piquant dans la patente comme on dit. De beaux bonshommes, de jolis pétards fringués comme des princes de n'importe quoi, peu importe, en fin de compte. L'endroit s'appelle d'ailleurs le « Ô homme », allez donc savoir pourquoi. Juste en face, il y a bien sûr un autre bar dont le nom est « Ô femme ». Ce qui me fait penser que le café bar « Ô dieux » ne devrait pas tarder à voir le jour non loin, d'ici peu. Un coup parti, un coup par-là et vogue le désir sur les flots démontés de la divine luxure.

Pas de panique, mes si belles demoiselles, votre fabuleux Émile Milliard sera parfaitement parfait jusqu'à une heure avancée de cette nuit qui se dessine, si son foie tient le coup jusqu'au lever du soleil et si son joli cervelet… enfin n'insistons pas trop là-dessus. Je le jure toutefois sur la tête du moteur de ma Sporsche. Vroum. Vroum. Pow, pow. Et qu'est-ce que je pourrais bien jurer comme ça, je vous le demande. C'est comme vous voulez, je suis ouvert à toutes les suggestions, jusqu'au petit matin de l'après-midi et même davantage. Il n'y a rien de trop concombre pour Émile Milliard. Concombrerons-nous de concert par une de ces nuits folles, mes très jolies demoiselles?

Ah, comme je vois vos yeux malicieux pétiller tout à coup dans la pénombre de ce bar barbare de mon cœur à corps. Et que dire de vos cors aux pieds assassinés par vos si minuscules escarpins dorés? Pas trop rapport, le jeune macaque, me direz-vous, et avec raison. Et que dire de ces coups de pieds que vous rêvez parfois d'asséner aux parties les plus jouissives de certaines anatomies trop pressées? Et sont-ce des extraits de nos conversations relevées du piment de la vie que j'entends déjà bruire si sensuellement à mes oreilles ravies?

« Vous venez souvent ici? Je ne crois pas que nous ayons eu le plaisir. Habitez-vous quelque part? Seul ou avec d'autres? Avez-vous une petite bagnole sport de nouveau pétard ou un VUS de gros parvenu de mon cul? Pas trop de problèmes sexuels? Quelles sont vos trois-cent-trente-trois positions préférées? Faites-vous des sports extrêmes tout nu? Est-ce que mon corps musclé vous plaît? Pourrais-je parcourir vos jolies courbes le pied dans le tapis durant une heure ou deux? Avez-vous un peu de perlim-pinpins pour le nez? Cultivez-vous certaines maladies mentales plus que d'autres? Es-tu fou, le casque? Avez-vous des tatouages, des perçages ou des scarifications? Avez-vous déjà tué un animal à mains nues? Saigné un cochon? Dépecé un caribou? Parlez-vous français à la maison? Au bureau? Dans vos rêves? Ailleurs? Aimez-vous la nouvelle cuisine reptilienne? Et si je vous présentais à un ami qui baise avec des fauves? Et si on allait prendre l'air tous les deux, les yeux dans les yeux du cosmos infini? Et que diriez-vous d'une virée vers Aldébaran par une de ces nuits noires d'enfer? »

Il y a un peu de tout dans ce petit bar barbare assez bizarre, mais sexy à mort. Des beautés provocantes qui dansent comme des damnées sans même suer un brin. Des princesses intergalactiques qui dégustent les lèvres vermeilles de beautés sidérales quasi dénudées. Des corps en transes qui s'agitent en cadence sur des tables qui tanguent sous des tangos tordus. Des seins qui s'agitent, des mains qui cherchent, des langues qui lèchent, des bouches qui tètent et qui baisent tout ce qui bouge.

Je me faufile dans cette atmosphère stratosphérique à la recherche de quelque chose, d'un corps, d'un alcool ou d'une alcôve, et cætera. Mais pas de rats, non, pas de trop de rats autant que faire se peut. Je jurerais, ah! que je jurerais que l'on me palpe, que l'on me touche un peu partout, que l'on caresse parfois certaines parties de mon anatomie de grand luxe pendant que je pénètre dans cette caverne obscure. Et je crois bien que l'on rit, que l'on s'esclaffe, que l'on boit, que l'on chante et que l'on danse maintenant tous ensemble sur cette piste immense qui mène au plaisir partagé d'une orgie gorgée de gogos enfiévrés. Oh yé, agaga.

Les transports effrénés de ce cyclone de beautés survoltées se déchainent à la va comme je te baise à mesure que j'avance dans ce décor de fin d'apocalypse. Je rebondis ici et là sur des corps surexcités en proie à un délire caniculaire ou cannibale, je ne sais trop. Je finis par m'assoir sur un tabouret près d'un comptoir, dans un coin relativement plus calme, si on exclut le début d'orgie discrète au balcon. Je me retrouve non loin d'une grande rousse athlétique, vêtue d'une minirobe noire diablement légère, assise seule à l'extrémité de ce bar. Je viens sans doute de pénétrer dans la chasse gardée des invitées très spéciales. Il en faut pour tous les goûts dans ce monde, ce monde entier aussi incroyable que l'éternité.

Je songe un instant que je devrais peut-être prendre la pose du penseur mystique perdu dans cette jungle dorée. Le genre de coco qui pourrait cultiver des pensées comme celles-ci par exemple. « Je ne suis pas d'ici. Je ne connais pas cet endroit. Je ne parle pas la langue locale. Je suis en transit vers une autre planète. » Je pourrais aussi laisser défiler des tas d'autres idées folles entre mes oreilles et sous le cuir chevelu de ma petite gueule de star des grands soirs. Et si mes pensées errantes les plus folichonnes réussissaient un jour à s'échapper de mon cervelet survolté pour aller folâtrer directement avec celles d'une belle inconnue, de noir si peu vêtue, entrevue au hasard dans un bar, comme ce soir, wow, wow, espèce de ouaouaron givré? Un simple réflexe d'autoconversation simultanée, ne vous inquiétez pas.

– Croyez-vous au hasard, monsieur Milliard? me susurre soudain une voix murmurante, à ma gauche.

Je sens un souffle chaud et caressant porter ces mots doux jusqu'au labyrinthe de mon oreille. Je sais pertinemment qu'il n'y a personne assis à ma gauche, mais je tourne quand même la tête de ce côté. Et je constate effectivement qu'il n'y personne. Personne de visible sur ce plan-ci de la réalité en tout cas, si toutefois cela veut dire quelque chose à quelqu'un ici-bas.

Je regarde cette rousse sculpturale, à peine vêtue de ce léger nuage de voilage noir si mystérieusement révélateur, assise à ce bar, vers ma droite. De sa belle main blanche, elle prend son verre rempli d'une boisson verte vaguement phosphorescente. Elle le place à la hauteur de ses yeux pour en mirer la transparence à la lueur d'un mince trait de lumière bleue tombé du plafond. Après quelques instants, elle semble satisfaite de ce qu'elle voit dans son verre et elle le dépose sur le comptoir. Elle me regarde ensuite droit dans les yeux tandis que ses lèvres bougent en silence comme si elle me disait : « Croyez-vous au hasard, monsieur Milliard? ». Je sens à nouveau ce souffle chaud et caressant propulser cette question intrigante jusqu'à mon oreille gauche, de ce côté-là où il n'y a personne…

Je place ma main gauche sur mon oreille comme pour tenter de conserver cette vague de chaleur et ces mots qui me chatouillent les organes auditifs. « Croyez-vous au hasard, monsieur Milliard? ». La question énigmatique de cette nuit folle tourne en boucle dans mon cervelet et mon regard se perd dans les détails époustouflants de cette rousse mystérieuse. Elle me regarde attentivement de ses grands yeux malicieux. Elle prend son verre et porte un toast à ma santé avant d'ingurgiter une autre gorgée de ce liquide vert légèrement luminescent. Puis elle dépose son verre sur le bar et elle sourit.

– Connaissez-vous le zombie gringo, monsieur Milliard? demande-t-elle soudain de sa voix enveloppante.

– Pas encore, répondis-je.

– Vous ne le regretterez pas, j'en suis convaincue, dit-elle en détachant chacune des syllabes de son dernier mot avec délectation.

– Permettez que je me joigne à vous, ajouté-je, avant de glisser mes fesses sur le tabouret voisin du sien.

– Je suis une merveille, que dis-je, un prodige, vous avez parfaitement raison, monsieur Milliard, murmure la belle avant de ricaner follement.

– Appelez-moi Émile, ajouté-je pas très subtilement.

– Émile Milliard, le célèbre Émile Milliard. Je suis ravie, dit-elle en me tendant sa main à baiser.

J'effleure de mes lèvres cette main délicieuse tout en me demandant où elle a bien pu connaître mon nom. Il semble, hélas! que je suis déjà beaucoup plus connu que je ne pourrais le croire dans cette ville étonnante. Il est vrai que mon aura dégage énormément depuis que je suis arrivé ici. Et que dire mon corps astral alors? J'ose à peine y penser. À peine.

– Aïssa Autant, dit-elle en me fixant de ses yeux malicieux.

– Enchanté, répondis-je.

Un colosse pâle au crâne rasé vient d'apparaître derrière le comptoir comme par magie. Il me fait un signe convenu en me montrant le verre de la femme rousse pour me demander si je veux un zombie gringo identique au sien. Comme sa proposition semble une évidence, j'ai à peine le temps de réagir qu'il disparaît aussitôt pour aller m'en concocter un.

– Vous aimez cette ville? me demande cette grande rousse au verre vert.

– J'adore. La canicule est mortelle, mais on s'y habitue.

– Nous finirons tous en enfer un de ces jours, lance-t-elle follement.

– D'ici là, profitons du paradis, ajouté-je comme un bonimenteur que je deviens parfois.

Cette superbe rousse m'ausculte le visage de ses grands yeux malicieux. Je sens le feu de son regard me palper l'épiderme facial. Ses immenses yeux verts brillent d'une intelligence pénétrante. Et on dirait que ses lèvres ironiques auraient presque le goût d'esquisser un baiser, il me semble. Mais, c'est probablement mon imagination qui délire déjà. Comme tout à l'heure, lorsque j'ai senti ses mots pénétrer directement dans mon oreille à distance sur cette vague de chaleur en folie. Je sens que cette femme énigmatique joue déjà sur plusieurs plans à la fois. Où est-ce seulement mon joyeux cervelet qui déconne toujours un peu plus? Un joyeux mélange de tout ça me plairait assez, je crois.

– Profitons du paradis, quelle belle idée, glisse cette femme phénoménale.

– Je crois bien que j'y suis déjà, ajouté-je avec mon sourire le plus radieux en cette nuit de toutes les nuits.

– Et qu'est-ce qui vous fait croire cela, réplique-t-elle.

Ses yeux plongent dans les miens et vice versa. Je me sens déjà irrésistiblement attiré par cette merveille à la fois sublimement distinguée et divinement sibylline.

– Vous et...

– Et... quoi donc, monsieur Milliard?

– Vous et... votre présence, je dirais.

– Ma présence? Vous voulez dire, mon corps sublime, je présume, dit la superbe rousse.

Un nouveau sourire ensorcelant réapparaît sur ses lèvres pendant qu'elle rattrape une des minuscules bretelles de sa minirobe noire qui vient de glisser de son épaule nue.

– Il y a de ça, mais il y a plus encore, ajouté-je.

– Ah... et quoi donc?

– Votre corps astral, causal ou éthérique peut-être?

– Hé, hé... Goûtez-moi d'abord ceci, mon cher Émile.

Le serveur pâle vient tout juste de déposer discrètement mon verre vert quasi luminescent devant moi sur le comptoir du bar. Il me lance un sourire diabolique de ses dents étincelantes. Je prends cette mixture étrange et je m'apprête à la porter à mes lèvres. Une soif subite m'étreint déjà à la simple vue de ce petit chef-d'œuvre, fortement alcoolisé, je présume.

– Pas si vite, il faut voir avant de boire... et boire avant de voir, dit cette mystérieuse rousse.

Je regarde ma superbe voisine, qui reprend son verre et le mire de nouveau à la lueur de ce mince trait de lumière bleue issu du plafond. Je fais de même avec ma consommation tout en tentant de trouver le meilleur angle possible.

– Et que voyez-vous mon cher Émile?

– Pas grand-chose. Des trucs minuscules et multicolores. C'est très beau, soi-dit en passant.

– Regardez bien les particules rouges. Elles forment parfois des figures étonnantes.

Je vois effectivement des groupes de particules rouges qui se déplacent ici et là comme animées d'une vie propre. C'est assez fascinant à regarder, même si leurs mouvements sont plutôt désordonnés. Pendant plusieurs minutes, j'observe cette étrange boisson verte et ses particules émoustillées, mais je ne parviens pas à voir autre chose qu'un très joli fouillis. Je constate toutefois que la lumière semble exercer un effet sur les mouvements de ces particules. Ou est-ce la présence d'un observateur surdoué comme votre très humble serviteur qui les fait s'agiter ainsi?

– Dites donc, y a de la vie là-dedans.

– Vous avez tout compris mon cher Émile.

– Et vous buvez vraiment ce truc?

– Ce truc est un élixir des plus excitants.

Aïssa approche de nouveau son verre de ses lèvres et elle boit une généreuse gorgée. Je fais de même en imaginant le pire et le meilleur égarés dans une folle chevauchée vers des steppes enneigées. Ti-galop, pow, pow. Ou quelque chose d'aussi rafraîchissant. Pas de panique dans l'anneau olympique. Ce truc est tout simplement délicieux. Ça vous ravive le tonus comme une bonne bouffée de poison de première qualité. Je me sens déjà mieux que la seconde d'avant, et c'est peu dire. Très peu même. J'en prends rapidement une deuxième gorgée pour vérifier l'effet de la première et tout semble concorder dans les moindres détails. Après tout, ce monde fini demeure assez vivable la plupart du temps quand on y prend goût. Gougou, gaga. Je repense à toutes ces particules que je viens d'ingurgiter et une nouvelle idée assez cosmique me passe par la tête.

– Alors, quel est votre verdict, mon cher Émile? demande cette merveille rousse en déposant son verre largement entamé sur le comptoir.

– Eh bien, eh bien, eh bien….

– Mais encore? s'enquiert cette rousse sublime.

– Excellent. Qu'est-ce que c'est?

– Un mélange très secret. Personne n'en connait la recette exacte.

– Arrêtez, vous stressez mon foie, répondis-je.

– Il n'y en a pas deux tout à fait semblables, ajoute-t-elle.

Je regarde mon verre à moitié plein, ou à moitié vide, ou à moitié plein de vide. C'est comme on le désire, je crois bien. Et si j'approchais tout à coup ce verre de ma figure avant d'exécuter ma grimace la plus terrifiante à ce mini cosmos liquide? me dis-je, l'air de rien. Sitôt pensé, sitôt fait. Les particules bougent tout à coup assez joyeusement au fond de mon verre. On dirait une chorégraphie inspirée de la naissance d'une galaxie dans la constellation du chiendent ou quelque chose d'approchant. En accéléré, bien sûr.

– Vous êtes trop comique mon petit Émile, fait cette merveilleuse rousse avant d'éclater d'un rire roucoulant. Que faites-vous au juste?

– Je ne sais pas, une autre idée débile.

– Buvez et venez danser. Vous êtes adorable.

Aïssa Autant, cette grande rousse sculpturale, vêtue de ce vague nuage noir en guise de minirobe, s'approche tout à coup de très près pendant que je savoure cette boisson mirobolante. Elle se place debout derrière moi, elle m'enlace, et elle dépose bientôt ses lèvres brûlantes sur mon cou. Elle veut jouer à un autre jeu qui semble déjà passionnant, sinon électrisant. Je sens ses dents qui me mordillent l'oreille et son corps qui s'accorde au mien. Et ce corps-là n'a rien d'ordinaire. Le mien non plus d'ailleurs, alors on peut s'attendre à pas mal de choses et d'autres, je crois bien. Mais on verra bien ce qu'on verra.

Nous nous retrouvons rapidement sur une piste de danse, dans une sorte de monde surnaturel traversé de pinceaux lumineux en folie et d'effets visuels hallucinants. C'est exquis, décontracté et tout à la fois luxurieux, décadent, et quoi d'autre encore? Complètement irréel? Sûrement. C'est probablement de l'irréalité virtuelle de cinquième ou sixième génération, au moins, sinon plus. Je ne suis pas un expert en ambiances, mais c'est comme un prélude fou à une aventure palpitante. Une charmante affaire avec une grande rousse qui bouge si bien dans sa minirobe noire, ça ne peut pas manquer de vous secouer le fantasme dans tous les sens du poil, me dis-je innocemment. Autour de nous, les autres danseurs et danseuses pratiquent une chorégraphie des plus charnelles pour ne pas dire carrément lubrique dans les coins sombres. Les filles et les gars pirouettent et s'agitent follement chacun de leur côté, puis ils s'agrippent au hasard et se caressent sauvagement le temps d'un baiser interminable. Et tout ça fusionne à mort avec cette musique du diable branchée directement sur nos pulsations cardiaques. Ce qui n'aide en rien à atténuer les effets imprévisibles et souvent irrésistibles de cette canicule féroce qui envahit tout et même davantage.

Ma grande rousse virevolte follement autour de moi dans son léger nuage de tissu noir pendant que je tente de naviguer sur ces rythmes endiablés qui pulsent de partout à la fois. Cette musique crée comme une sorte d'enfer au paradis, enfin pour le peu que j'en connais. Je ne connais pas non plus les autres dangers publics qui papillonnent autour de nous sur cette piste de danse, mais cela ne nous empêche pas de nous déguster des yeux, au hasard de nos tourbillonnements excentriques. Et peut-être même des mains ou de la bouche si cela devenait possible bientôt ou tout à l'heure. Boula, boula.

J'imagine notamment quelques trucs avec cette grande blonde au corps de déesse qui ondule maintenant si près d'Aïssa.

Hum, hum… Quel joli trio ne formerions-nous pas si l'éventualité se présentait, maintenant ou plus tard, au fil de cette nuit transfusionnelle… Aïssa l'a bien vue elle aussi cette sublime diablesse d'une blondeur irradiante. Elles sont presque identiques sur le plan de la stature. Et cette jolie chose vient de remarquer Aïssa à son tour. Alors là, il faudrait être aveugle ou mort pour ne pas la voir, et encore. Sa longue chevelure rousse s'enflamme dans ces effets lumineux devenus fous, sa minirobe noire lui cache à peine les fesses et ses longues jambes merveilleusement galbées vous dévissent les yeux en moins de deux. Des visions comme ça, ça peut vous tuer et vous ressusciter aussi vite que vice versa mon verrat sur la pente savonneuse du plaisir. Avis aux ressuscités potentiels de passage ici-bas, et plus précisément dans cet entremonde de l'entrecuisse en folie.

L'atmosphère délirante de cette piste de danse survoltée me porte à penser qu'un jour prochain, ou une nuit à venir, les frontières entre la réalité, la fiction et le rêve pourraient fort bien s'évanouir. Mais quelle réalité, quelle fiction et quel rêve? Voilà toute la question, en trois volets équidistants des pôles de mon imagination torturée par ces stimuli qui me brassent très sérieusement la cage, et bien d'autres courbures de mon petit corps sublime.

Dans l'imprévu total d'un tout à coup très choc, les mains, la bouche, les seins, les cheveux, les bras, et tout le corps d'Aïssa finalement, reviennent bing, bang, boum vers moi, envahissent les moindres parties de ma bulle, m'emportent vers je ne sais trop où, mon minou, et il semble bien que l'on s'en va par là-bas, si j'ai bien compris mon kiki. Hi, hi, hi. Et voilà qu'elle s'amuse à me chatouiller les côtes par-dessus le marché cette flamboyante Aïssa. Ha, hi, ho, hue. J'adore ce genre d'approche complètement farfelue et inattendue. Je pars à la recherche de ses points sensibles et j'en trouve rapidement quelques-uns malgré ses attaques. Ou la la. Et quel rire irrésistible lorsque mes mains se posent soudain sur ses côtes! Elle rit comme une folle, se jette dans mes bras, m'enlace et se laisse capturer, un peu trop facilement peut-être. Mais ce n'est qu'une ruse pour s'évader de mon emprise et darder de nouveau ses doigts griffus sur mes côtes, là où le chatouillement est garanti.

Après ces ébats trop fous en guise de préliminaires sans préjudice, nous convenons rapidement d'aller prendre un peu l'air.

Nous nous retrouvons bientôt dans la rue, bras dessous, bras dessus, lorsqu'elle me dit :

– À quoi rêvez-vous donc, mon cher Émile Milliard?

J'aurais presque le goût de lui dire que je rêve moins maintenant. Et surtout depuis que je suis l'objet des fantasmes obsédants de ces hordes de femmes magnétisées par ma beauté suave, mais ce n'est sans doute pas la meilleure approche en cette nuit de toutes les nuits. Ni en tout autre d'ailleurs.

– Youhou, Émile, êtes-vous ici ou ailleurs, fait maintenant Aïssa en bougeant rapidement ses doigts devant mes yeux.

– Et si nous allions faire un tour quelque part? répliqué-je.

Nous continuons de descendre lentement cette jolie côte, dont je ne me souviens jamais le nom, sans arriver à définir ce quelque part rêvé où nous pourrions nous échouer. D'un hasard à l'autre, nous arrivons maintenant tout près de ma Sporsche rouge et rutilante. Mon fidèle bolide scintille sous un lampadaire, dans une charmante rue pentue de cette capitale nordique qui rissole lentement sous cette canicule de juillet.

Aïssa se met soudain à gambader ici et là, sur le trottoir et dans la rue, tout en exécutant des entrechats à plusieurs battements dignes d'une danseuse professionnelle. Et je pense, que dis-je, je suis sûr que j'entends maintenant une musique terriblement envoûtante, qui entraîne ma beauté de la nuit, telle une plume d'oiseau rare dans un tourbillon. Comment? Pourquoi? Je ne saurais dire. C'est un air de jazz hypnotique, un concentré de passions diaboliques distillé sur quelques notes de piano et de contrebasse livrées par rafales subtiles.

– Venez, Émile. Venez danser. Venez… jusqu'où vous voulez. Venez…

Je m'assois sur quelque chose en passant, un banc, un arbre mort, une pierre, aucune importance. Je m'assois avant de tomber d'admiration devant cette scène époustouflante de magie pure. Cette Aïssa virevolte avec une légèreté inimaginable. Elle touche à peine le sol et rebondit ici et là, sur le trottoir, les murs des maisons adjacentes, un banc, une borne-fontaine, les autres voitures garées aux environs. Et j'entends toujours cette musique obsédante qui la fait vibrer de toutes ses fibres, cet air de jazz énigmatique ciblé sur quelques notes qui se répètent indéfiniment dans cette nuit torride.

– Venez Émile, venez…

Aïssa s'éloigne sur le trottoir en continuant de donner vie à cette musique sibylline avec son corps superbement délié, comme une sorte de feu follet en fugue avant un cyclone.

Je me lève et je la suis de loin tout en sachant très bien que je ne la rejoindrai pas si facilement. D'ici demain, peut-être, qui sait. D'ici demain ou le demain du surlendemain...

Mais n'y sommes-nous pas presque déjà?

Chapitre 4
Et pourquoi pas?

Je suis vivant. Je suis vivant de toutes les fibres de mon corps sublime et ce n'est pas peu dire comme vous le savez sans doute déjà. Ah ce corps, ce corps, ce corps, ce véhicule tout-terrain de l'amour fou, ce submersible increvable de la passion dévorante, orageuse, volcanique, tellurique, balsamique? Je n'en reviens pas moi-même de ses capacités phénoménales, parfois paradoxales. À l'image de mon sommeil préféré, le sommeil paradoxal, durant lequel tout est possible. Ce corps exceptionnel qui possède aussi un don certain pour se mettre les pieds dans les plats. Et les pieds, et les genoux, et les cuisses, et le machin chouette, alouette, et cætera.

Je suis vivant et pas mieux que mort. Une menace encore diffuse, mais terrifiante, assassine mes pensées pendant que mon regard se perd au plafond de mon bureau-dortoir-mouroir de la rue des Mammifères repus. C'est dimanche, je crois, ou quelque chose comme ça, et mon corps n'a plus le goût de rien, ni moi non plus d'ailleurs. Si je reste couché ici comme un cadavre en puissance, je vais probablement m'endormir et rêver à tout un tas de trucs pas nécessairement agréables. Si je me lève et si je sors dans cette canicule qui perdure énormément, je vais sans doute finir cuit comme un filet mignon sur le gril. Et qui me dégustera pour dîner? Une superbe cannibale avec des dents de requin et des yeux de braise plus vastes que son estomac?

Je sens que cette canicule produit des effets de plus en plus étranges sur les restes de mon cervelet mariné. Il serait sans doute grand temps que je songe à explorer quelques univers, mondes parallèles ou autres affaires semblables. À condition que la température s'y maintienne sous des moyennes acceptables. Parce qu'ici on cuit sérieusement chaque jour un peu plus. Et moi, je n'en peux plus. Moi, Émile Milliard, c'est bien moi. Enfin, je crois.

Et si je visionnais en rafale des images de ma vie impro-bable enregistrées dans la mémoire universelle? Drôle d'idée, vous ne trouvez pas? Idée extrêmement bizarre, je dirais plutôt, puisque cette foutue mémoire universelle ne sera probablement inventée que dans plusieurs dizaines d'années, ou même plus tard. Idée hautement prospective, dirons-nous, sinon, vision complètement hallucinée d'un futur prochain, mais encore éloigné, semble-t-il. Quoi qu'il en soit, j'imagine déjà cette invention tordue et ses possibilités folles.

Une mémoire universelle dans laquelle tout être humain retrouverait une collection d'images vidéo parmi les plus significatives de sa propre vie. Une sorte d'album-souvenir des moments les plus importants de son bref passage sur cette petite planète bleue en péril. Des moments choisis par un système capable de traquer les moindres comportements humains, à l'insu du sujet étudié, et de les conserver indéfiniment. Quelle idée formidablement folle quand même? Vous ne trouvez pas? Et pourquoi n'y retrouverions-nous pas aussi ce fameux petit film de notre propre vie, qui défile soi-disant en accéléré sur nos écrans intérieurs, juste avant que nous quittions définitivement notre drôle d'existence sur cette planète perdue? Et si jamais nous retrouvions notre petit film terminal dans cette foutue mémoire universelle, cela signifierait-il que notre aventure ici-bas est sur le point de se terminer?

Hé, hé… Par les oreilles du cobra du Témiscouata! Ça gigue tout à coup assez férocement dans mes neurones. Je constate que cette foutue canicule entraîne au moins quelques effets intéressants, en plus de me faire suer comme un porc en cubes enfilés sur une broche. Enfin, je ne sais pas si c'est seulement cette chaleur torride, qui agit de la sorte sur mon joyeux cervelet, mais j'ai presque l'impression de voyager vers l'avenir, en cette mirifique journée pas tout à fait comme les autres.

Dans le futur ou dans d'autres univers ou mondes parallèles, obliques ou tranchés minces, en résumé, n'importe où, mais pas ici autant que possible, si je me comprends trop bien. Et il le semble bien en effet, je dirais, à première vue, comme ça, mine de rien. Et si je m'assoyais à l'ombre de mon ombre, quelque part dans cette ville étonnante, pour réfléchir tranquillement à toutes sortes de choses encore plus folles? Même si je risque toujours de me faire attaquer par des meutes de jolies jeunes femmes accros à la chasse à l'Émile Milliard. C'est un risque que je peux sans doute encore courir, même à plus de quarante degrés à l'ombre. Et que dire de l'ombre de mon ombre? Mais ne suis-je pas le gigolo le plus rigolo des banlieues maudites, après tout? D'Aldébaran à

Chien-Cashimir-de-Mâchekinongé. Facile à dire, facile à dire, c'est sûr, c'est sûr.

Me voilà donc lancé en pleins préparatifs d'excursion vers cette cité du sauna estival, lorsque le carillon de l'imprévu retentit à la porte de mon bureau tel une bête sauvage, une sorte de caribou en rut avec une dizaine de taons autour du moignon, coudonc, toi-là, es-tu malade? Et je le suis sans doute un tantinet, mais pas plus qu'hier, si hier il y a encore, bien sûr. Je sens que le temps s'apprête à me jouer des tours. Et l'espace, grands dieux, que dire de l'espace.

Je jette un œil de porc frais dans l'œil-de-bœuf de la porte d'entrée et je vois, mais qu'est-ce que je vois donc? Vous ne devinerez jamais, je vous le donne en mille milliards. Eh bien oui, comme les mille milliards de soleils qui éclairent notre seule galaxie. Je vois une superbe demoiselle altière et athlétique, à peine vêtue de quelques tranches très minces d'un tissu pour le moins léger, dirons-nous. N'est-ce pas extraordinaire et quasi merveilleux? Le genre de dame qui pourrait aussi bien décider de cambrioler une banque en passant, que je n'en serais pas trop surpris. Une belle grande athlète de l'extrême avec une coupe de cheveux noirs, bleus et rouges en bataille sur le crâne et un air de dire : « J'en en déjà tué des plus beaux que toi, mon ti-pet ». Bref, quelqu'une avec qui on aurait le goût de déguster des rondelles de cobra mariné au bord du fleuve à minuit ou ailleurs. Ou autre chose bien sûr. J'ouvre la porte au moment même où cette apparition spectaculaire décide d'y asséner quelques coups de pieds capables de réveiller des morts jusqu'à Brossard. La patience ne semble pas figurer au palmarès de ses qualités.
– Émile Milliard, Émile Milliard, c'est bien vous, s'écrie-t-elle telle une groupie surexcitée.

Cette fille éblouissante – on dirait un coucher de soleil surréaliste, en fin d'après-midi, sur le fleuve Saint-Laurent quelque part en Gaspésie – pénètre prestement dans mon petit salon. Je referme la porte sur son passage en me disant qu'il me faut impérativement retrouver mes lunettes de soleil avant de finir totalement ébloui. Elle se jette ensuite sur mon corps dénudé, mon corps nu comme un boa constrictor, en raison de cette terrible canicule qui sévit énormément. Je prône le nudisme domestique en toutes saisons, mais l'été s'y prête nettement mieux pour des raisons évidentes de confort épidermique.

En moins de deux, je me retrouve à virevolter dans le petit salon de mon bureau-dortoir-mouroir de la rue des Mammifères repus avec une danseuse de choc de type karatéka qui semble affamée de chair fraîche à dévorer. Pour le moment, je me contente de parer ses attaques de femelle en furie et de limiter les dégâts avec mes meilleures parades de jiu-jitsu. Mon jeu de bras et de jambes n'est sans doute pas optimal en cette circonstance périlleuse, et plutôt insolite, et voilà que nous valdinguons maintenant de-ci de-là, avec un certain brio, un brillant brio irais-je même jusqu'à ajouter, au risque de tout faire foirer. Pendant que je me demande encore vers où ce drôle de duel risque de nous mener, nos pieds s'entremêlent soudain et nous atterrissons bientôt sur le matelas de mon grabat. Bing, bang. Aïe, aïe, ouille, couille!

Veux-tu bien me dire ce qui se passe là? songeai-je, tandis que nous nous retrouvons mutuellement entre nos bras respectifs, étendus là sur mon matelas, après ces pas de danse plutôt folichons et pour le moins inopinés.

– Ah, ha, ha, ha, hi, hi, ho, de s'esclaffer cette égérie égarée dans mon lit.

– C'est quoi votre truc? Le viol commandé à domicile ou la danse qui tue?

Cette punkette olympique sortie de nulle part reste là, devant moi, étendue sur mon matelas, avec son sourire le plus machiavélique dessiné sur ses lèvres beaucoup trop appétissantes. Elle m'examine de ses yeux curieux comme si elle venait de trouver un nouveau jouet ou quelque chose d'encore plus passionnant. J'ai une vague idée vers où ce type de regard peut vous mener. Ne suis-je pas le fabuleux Émile Milliard, après tout, le gigolo le plus joyeux de toute la création? Enfin, je devrai probablement redéfinir mon image de marque un de ces jours. Il faudra que j'en reparle à mon conseiller animal lorsqu'il sortira du coma. Un chaos coma de première classe paraît-il, délicieusement entretenu dans une île vierge des Caraïbes avec plage infinie de sable ultrafin, bains d'algues au champagne et peignoirs en peau de serpent de mer. Rien de moins, mes cocos. Il y en a qui ont le tour avec la vie, c'est bien pour dire, n'est-ce pas?

– Émile Milliard, Émile Milliard, Émile Milliard, répète-t-elle comme une incantation tout en se relevant.

Je me relève aussi en me demandant si elle ne va pas se jeter sur moi de nouveau. Je reste un peu sur mes gardes, pendant qu'elle décide de laisser choir son corps d'athlète dans l'un de mes fauteuils, tout en continuant de répéter mon nom à intervalles réguliers. Sa litanie devient obsédante assez rapidement. Essayez donc de répéter indéfiniment votre propre nom ou, pis encore, écoutez quelqu'un le faire à votre place. Vous allez vous désintégrer de l'intérieur au bout d'un certain temps. J'exagère, mais peut-être pas suffisamment après tout.

– À qui ai-je l'honneur, mademoiselle? lui demandé-je pour tenter de conjurer ce sort presque enviable qui émane de sa trop jolie bouche.

– À qui, à quoi, à où, à comment, à pourquoi, de qui donc, radote-t-elle follement avant de ricaner éperdument.

Cette fille est trop mirifique pour être vraie. Je n'en crois pas mes yeux, même si je me suis cogné les pieds un peu partout dans notre valse foldingue et que ça m'élance encore dans le gros orteil. Je dis bien foldingue. Et où ai-je bien pu pêcher un mot aussi… foldingue, je n'en sais rien, stricto sensu. Quoi qu'il en soit, j'ai devant moi une bibite comme je n'en ai encore jamais vue, disons depuis hier soir, après vingt-trois heures, qui se moque joyeusement de ma gueule avec sa voix qui m'interpelle directement le fin fond de la carcasse. Non, mais, quel corps et quelle voix surtout. Je sens que cette voix risque de me faire faire des folies encore plus énormes que toutes mes précédentes. Ce qui n'est pas peu dire. Et ce corps, ce corps, ce corps à corps, ce corps accord, et encore, et encore. Ai-je besoin d'être plus précis? J'en doute. Je crois fermement que nous pourrions nous sauter dessus à nouveau et baiser ensuite comme des bêtes, pendant une bonne partie de la journée… et de la nuit aussi… hum, hum. Pas de panique mon Mi-Mile.

– Alors, alors, et mon cher Émile Milliard, à quoi pense-t-il donc?

– Avez-vous un nom, un numéro ou un autre signe particulier à mentionner pour votre défense? répondis-je.

– Ah, ha, ha… Vous êtes trop mignon, beaucoup trop mignon, mon cher Émile, glisse-t-elle voluptueusement avant de passer ses doigts écartés dans sa chevelure tricolore, ébouriffée et luxuriante.

Je m'assois dans mon fauteuil situé en face de mon intruse imprévisible du jour. Intruse, mais pas importune, et encore moins indésirable. Nous nous regardons dans les yeux un long moment sans rien dire. Un très long moment, que dis-je, une éternité, qui me fait plutôt l'effet d'une fraction de seconde, tellement elle est intrigante, cette belle grande fille terriblement sexy, et complètement folle, n'ayons pas peur de le préciser.

Je sens un courant, des ondes, des particules, de l'énergie sombre peut-être – il n'y a plus grand-chose qui peut me surprendre dans cette vie-ci – qui circule entre nous. C'est con et c'est comme ça. Est-ce que j'ai vraiment besoin de ça. Peut-être pas, mais les choses étant ce qu'elles sont, je sens que je n'aurai pas le choix de la jouer comme elle se présente. Je parle de ma vie réelle, bien sûr. Enfin, une de ces vies-là qui vient de me tomber dessus par mégarde. Serait-ce de l'amour, déjà? Ou un petit goût de meurtre différé ou de torture raffinée jusqu'à une autre forme d'extase encore plus extrême? Ou une toute nouvelle connerie avec un k majuscule?

— Monsieur Milliard, puis-je vous appeler Émile?

— Si vous me dites votre nom, je veux bien.

— Appelez-moi comme vous voulez.

— Gina Bigras. Est-ce que ça vous plaît comme nom?

— Faites un petit effort, tout de même. Vous avez vu ce que vous avez devant vous, mon très cher Émile.

À ces mots, la belle bestiole du jour se lève pour me montrer ses atouts singulièrement époustouflants, qui font grimper sérieusement mes actions sur mes bourses personnelles. Elle marche de-ci de-là, se déhanche subtilement, caresse discrètement du bout des ongles quelques-unes de ses zones les plus exquises. Jusque-là, ça va plutôt bien, c'est un peu émoustillant, mais je crois que je maîtrise encore mon string en peau de caribou, ou plutôt son absence momentanée due à la canicule. Là où ça devient critique, c'est lorsqu'elle se met à soupirer, à susurrer, à jouer de tous les registres de sa voix divine pour me suggérer des scènes de baises orgiaques de premier choix. Ses délires follement érotiques font grimper mon esprit à un niveau supérieur, ainsi que d'autres pièces de ma superbe anatomie. Une attaque de chair de poule me zèbre la peau de la tête aux pieds tandis que mes corps caverneux se gorgent de plaisir bleu, je crois bien.

— Si je continue, vous allez juter comme un pompier, me dit-elle en baissant les yeux.

— Prendriez-vous un verre, une boisson quelconque, un sandwich au cornichon?

Un peu d'humour débile, il n'y a rien de mieux pour remettre les pendules à l'heure, c'est-à-dire vers six heures trente en ce qui me concerne. Bon, je l'ai échappé belle pour le moment, mais je sens qu'elle n'a pas dit son dernier mot. Elle se rassoit devant moi avec un air légèrement plus sérieux, mais si peu.

– Émile Milliard. Émile Milliard. Avez-vous déjà rêvé de refaire le monde? me balance-t-elle tout en m'examinant le fond de l'œil de son regard inquisiteur.

– Ah, ha, ha…

C'est à mon tour de rire comme un débile sans pouvoir m'arrêter. Son ton soudain sérieux d'intervieweuse descendue du ciel comme par magie et la teneur de sa question me dilatent la rate jusqu'à la lie. Hi, hi. Et le foie aussi. Et qu'en est-il du foie de ma rate intérieure? La femelle de mon rat intérieur, vous vous souvenez? On y reviendra sûrement un jour, si vous êtes sages. Pour l'instant, je n'en peux plus. Plus je ris et plus j'ai envie de rire. Plus je ris et plus ça la fait rire. Le principe même du fou rire. Inexplicable et tellement merveilleux. Et ce fou rire nous submerge bientôt et nous emporte vers une destination encore plus mystérieuse que tout ce que nous aurions pu imaginer. Rien de trop beau.

Nous tombons par terre. Nous roulons sur le plancher de mon bureau-dortoir-mouroir. Et nous rions, nous rions, nous rions sans pouvoir nous arrêter une seule seconde de nous esclaffer comme des malades mentaux. Comme des débranchés du cervelet qui s'aperçoivent in extremis que leur vie n'a été qu'un simulacre, un spectacle absurde et une course folle vers cette mort tant redoutée, mais qui apparait soudain dans toute sa vérité : une porte ouverte sur un monde fabuleux auprès duquel la vie terrestre semble soudain tellement grise, morne, banale et sans aucun intérêt. Ayoye. Un vrai bon fou rire peut parfois donner accès à des mondes insoupçonnés, le temps d'un instant tordu, et parfois plus. Hi, ho, hue.

Il y a tout plein d'autres pensées folles qui me traversent l'esprit tandis que mon corps continue de rire en chœur avec le sien. Je ne peux rien faire pour m'arrêter et elle non plus. Nous nous retrouvons maintenant en train de marcher à quatre pattes sur le plancher de mon bureau. Nous essayons de ne pas nous regarder en pleine face, car la simple vue de notre figure décomposée par ce fou rire suffit à nous y replonger de plus belle.

Cette Gina Bigras, ou quel que soit son nom, se met tout à coup à imiter des cris d'animaux tout en continuant de marcher à quatre pattes sur le plancher. Tout y passe, lions, tigres, éléphants, crapauds venimeux, antilopes, serpents à sonnette, vautours, crocodiles, enfin quelque chose comme chat. Je n'ose plus rire, car j'ai trop mal aux côtes. Je m'écroule sur le plancher et j'essaie de ne plus bouger, de ne pas penser, bref de retourner à mon état quasi normal. Je pousse finalement un immense soupir de relaxation et je serais presque disposé à sombrer dans quelque chaos coma de grand luxe sur une plage ensoleillée des Caraïbes, par exemple. Mais il semble bien, il semble bien que rien et pas grand-chose. Ce fou rire m'a jeté par terre et j'y reste encore un peu… oaaah… et je bâille soudain comme un lion affamé de sommeil… zzz…

Je crois bien que je me suis endormi, car je me réveille à l'instant. Quel esprit de déduction quand même. J'entends la voix de cette demoiselle, dont je ne sais même pas encore le nom véritable, qui m'appelle tout doucement par mon prénom. Ses syllabes agissent comme une caresse sur mon cerveau usé.

– Émile, Émile, Émile… aaah, oooh, ouuuu, mmmm…. es-tu là mon python adoré, murmure-t-elle dans une tonalité exquise.

Je marmonne quelques conneries à peine audibles, des mots en pièces détachées, des syllabes hachurées, malaxées, des borborygmes barbares avec un souffle d'asthmatique qui a ri trop longtemps. Je l'entends qui s'approche de moi à quatre pattes sur le plancher comme une panthère enragée. Elle s'étend finalement près de moi, puis elle vient me grommeler quelque chose à l'oreille.

– Émile, Émile, Émile… te souviens-tu de notre histoire…

– C'est quoi ton nom déjà?

– J'en ai tellement, lequel te ferait plaisir, mon mignon, dit-elle, l'air de rien.

– Ton vrai nom.

– Mon vrai nom? répète-t-elle sur un ton amusé.

– Celui qui figure sur ton passeport, par exemple.

– J'ai aussi de nombreux passeports, figure-toi donc!

– O.K. donne-moi un de tes nombreux noms.

– Si tu me dis que tu te souviens de notre histoire, Émile, je te donne tout ce que tu veux.

– C'est beaucoup trop. Dis-moi seulement ton nom.

– Certains m'appellent Aimée Desanges… parfois…

Je me tourne vers elle et je la regarde, que dis-je, j'examine dans les moindres détails ce visage et ces yeux noirs qui m'observent si malicieusement. Je ne peux pas dire qu'elle ressemble à cette Aimée Desanges qui m'est apparue l'autre jour lors de cette danse folle des trois Aimée, débarquées chez moi un bon matin.

– Et d'autres m'appellent autrement...

– Comme?

– Aimée Toujours, Aimée D'Amour, en veux-tu d'autres?

– Non, ça suffit comme ça, je crois.

Je fixe le plafond de mon salon des poètes perdus, et même follement éperdus. Et je m'interroge hardiment quant à savoir dans quelle secte de transformistes je suis maintenant tombé. Ces filles semblent changer de vie comme elles adoptent une nouvelle coiffure. Enfin, jusque-là, ça peut toujours aller. Mais elles se dédoublent, se transforment, collectionnent les identités, et quoi encore! Ça commence à devenir drôlement passionnant cette petite aventure, et un peu inquiétant aussi. Je sens que j'aurais intérêt à consulter ma voyante aveugle ou mon médium préféré avant que ça saigne trop.

– Et alors, tu t'en souviens ou non de notre histoire? lance cette soi-disant Aimée Desanges.

– Quelle maudite histoire, répondis-je.

– Tout commence par une histoire, Émile, tu devrais savoir ça.

– Et tout finit aussi par des tas d'autres histoires.

– Notre histoire, c'est notre évasion de cette planète, Émile. Est-ce que tu viens avec nous?

– Votre histoire?

– Nous quitterons bientôt cette planète finie. Tu peux venir si tu veux. Tu n'as qu'à jouer avec nous.

– Qui ça, vous?

– Un groupe de très jolies personnes... comme tu les aimes.

– Et vous partez quand comme ça?

– Dès que tout sera prêt.

– Je suis prêt à tout.

– Alors, viens, on y va.

Il semble qu'il y a encore des jours comme ça où tout peut arriver par un hasard mystérieux, une rencontre troublante ou autrement. Des jours où les étoiles se lèvent en plein jour et où la lune danse le mambo dans un ciel ténébreux. Des instants où même les vieux corbeaux déglingués se mettent à parler dans une langue que vous comprenez. Et des nuits où les frontières entre la réalité, la fiction et le rêve s'évanouissent dans la brume d'une canicule de juillet.

Et ce bon vieil Émile Milliard, moi-même en personne, comme vous le savez sans doute déjà, pense soudain qu'il pourrait aussi bien se retrouver en 2055, ou quelque part par là, en sortant de chez lui avec cette fille sublime à la tignasse étonnante. Une autre idée folle de plus dans la besace du baladin libidineux? Quelle importance au point où j'en suis? Je pige quelques pelures dans mon tas de vêtements et me voilà prêt à affronter la vie, l'amour, la mort, l'amour de la mort, la mort de l'amour, le mors aux dents et tout un tas d'autres affaires trop bizarres qui pourraient me tomber dessus incessamment, je ne le sens que trop.

– C'est quoi, ça, par les oreilles du cobra de Péribonka, fis-je en ouvrant la porte de mon antre.

– Bienvenue en 2055, Émile. Respire par le nez.

Je le savais depuis toujours que je verrais le futur un jour. Pas simplement le lendemain banal qui nous attend presque tous, jour après jour. Je parle ici du vrai gros futur sale, complètement détraqué, qui vous arrache des morceaux de cervelle, comme celui qu'on voit au cinéma. Eh bien ce jour-là, c'est tout de suite qu'il commence, en cette nuit folle surgie un peu brusquement, me semble-t-il. La notion du temps n'est pas une de mes spécialités comme vous le savez sans doute déjà.

Une forêt drue de gratte-ciel de toutes tailles et de toutes formes a envahi les environs. Québec semble devenue une mégalopole des tropiques baignée dans une brume ténébreuse et une chaleur extrême. Une lune gigantesque se coule doucement entre deux édifices immenses, qui semblent se prolonger à perte de vue dans ce ciel plombé. Et des milliards de sons de la jungle envahissent les environs, dans la rue des Mammifères repus, là où je marche, tel un robot, hypnotisé par ces gratte-ciel qui poussent comme de la mauvaise herbe. « Crich, crich, crich » font en chœur des hordes de mantes religieuses géantes qui ont déjà envahi la ville, semble-t-il, au détriment de pas mal de choses. C'est souvent comme ça que ça se passe, parait-il.

Et je m'en vais je ne sais où avec cette fille dont je ne connais même pas le nom. Gina Bigras? Je me dis comme ça, comme un concombre mariné de catégorie supérieure, que l'on devrait entamer cette nouvelle fantaisie déjantée en s'offrant d'abord un sexpresso de luxe sur la terrasse la plus proche, et un peu d'excellent poison par la même occasion. Et je pense aussi que nous devrions prendre le temps de rediscuter un peu la chose, je dis bien la chose de la chose, avant de faire d'autres conneries encore plus débiles. Mais on n'y peut sans doute pas grand-chose de toute façon.

Mon regard est totalement magnétisé par la vue de cette forêt de gratte-ciel qui surplombe cette ville toujours plus hallucinante, Québec, la fabuleusement époustouflante. Et je crois bien que mes pieds ne touchent plus tout à fait le sol. Mais j'en ai presque l'habitude maintenant.

– Viens Émile, tout t'attend, ici, et bientôt ailleurs, fait cette soi-disant Aimée Desanges avant de se remettre à marcher rapidement vers cette ville irréelle.

Je la suis de tout mon corps. Enfin, cette chose sublime que je traîne partout avec moi et qui m'appartient si peu. Mais on verra bien ce qu'on verra, ma gang de rats, de cobras, de cancrelats, et cætera.

Verrat de verrat que les choses peuvent changer rapidement ici-bas. Et ailleurs aussi probablement, bien que nous n'y soyons pas encore. Mais ça viendra sûrement. Et sans aucun doute plus vite qu'on peut le penser. Si toutefois on peut encore réfléchir normalement dans le cadre d'une hypervision beaucoup trop réelle, comme celle qui me torture les yeux chaque fois que je regarde en direction de ce ciel tropical gorgé de gratte-ciel incommensurables.

Je suis sans doute mort une fois de plus. Ça devient une habitude, décidément. Par contre, si je me dis en ce moment précis que j'aurais dû apporter une petite provision de rondelles de cobras à la sauce piquante, c'est qu'il y a encore de l'espoir. Car on ne sait jamais ce qui nous attend au prochain pique-nique nu. Oua, oua, oua.

***

Chapitre 5
Quelque part ou ailleurs

La vue est majestueuse, panoramique et elle tend même vers le cosmique sublime. Nous sommes installés sur une terrasse juchée au sommet du plus haut gratte-ciel des environs à en juger par notre point de vue. Notre repaire de création quasi céleste se situe largement au-dessus du couvert nuageux. Autour de notre palace au firmament, d'autres édifices un peu moins élevés percent aussi les nuages. Je regarde ce ciel et cet horizon et je me dis que les premières lueurs de l'aube pointeront bientôt là-bas, vers l'est, je présume.

Quand je dis nous, je parle de la troupe des saltimbanques de l'espace-temps. Le Théâtre ou le Cirque de l'espace-temps, comme ils disent, c'est-à-dire la gang de malades avec qui je partage mes heures depuis que j'ai atterri dans cette cité virtuelle de tous les futurs, possibles, impossibles et what the fuck, câlisse de bine. Enfin, peut-être pas la totalité de tous les futurs imaginables, mais un très grand nombre d'avenirs top niveau du mec plus ultra, si j'ai bien compris quelque chose à ce qui se passe ici. C'est plutôt déboussolant, presque terrifiant par moments, merveilleux la plupart du temps. Et cætera, ma gang de rats. Et je sens que je n'ai encore rien vu.

Je passe mes journées à bidouiller des trucs ici et là, à flairer l'air du temps, à flirter avec le néant, à placoter avec des gens venus directement du futur, ou de je ne sais trop quelle région de la Voie lactée, à créer un peu de musique sur des instruments étranges avec d'autres musiciens encore plus fous que moi, à rire comme un malade jusqu'à épuisement et à faire toutes sortes d'autres conneries que je ne saurais décrire avec des mots. C'est complètement fou la plupart du temps, mais je me sens comme si j'avais vécu ici depuis toujours. Un parfum d'éternité flotte dans cette ambiance débridée, et bien d'autres choses encore plus étonnantes ne demandent qu'à se matérialiser, j'en suis persuadé. Ô yé baby! Ô yé! Il y a sûrement un truc quelque part et je le découvrirai bien un de ces jours. C'est sûr, c'est sûr. Ne suis-je pas l'Émile Milliard? Le seul, l'unique, Émile Milliard. Heureusement d'ailleurs, me direz-vous. Certains de mes nouveaux collègues de ce Théâtre ou Cirque de l'espace-temps abonderaient sans doute dans le même sens, ou dans le sens inverse, juste pour le plaisir, mais qu'importe!

Suis-je enfin arrivé dans ce paradis pour âmes perdues comme la mienne que je croyais disparue à jamais? Où suis-je? Où vais-je? Pourquoi? Comment? C'est quoi exactement cet endroit dément et ce projet délirant de s'évader de la Terre? Qu'est-ce qui se passe vraiment ici derrière cette mise en scène inspirée du paradis? Certaines de mes meilleures questions empoisonnées, que je savoure depuis si longtemps, me paraissent extrêmement légères depuis que je suis arrivé ici. Même mes angoisses existentielles les plus horribles me semblent devenues diablement vaporeuses.

Et encore davantage depuis que j'observe cette nuée de papillons multicolores, qui descendent du ciel depuis quelques instants sur cette troupe de merveilleux fous où je me suis réincarné récemment. Réincarné, en effet, le mot n'est pas trop fort. Disons donc réincarné à nouveau, pour la énième fois, etc., ma gang de gros rats. Eh bien, eh bien, eh bien, qu'est-ce que c'est que cette nouvelle diablerie divine, me dis-je, en observant ce phénomène ailé démultiplié à l'infini devant mes paupières écarquillées de jubilation exquise. Hi, hi. Je me gratte sérieusement l'occiput en continuant d'observer ce nuage de papillons multicolores qui tombent du ciel devant mes yeux ébahis.

Ces multitudes de papillons qui viennent d'apparaitre au-dessus de nos têtes folles semblent sortis directement de l'espace ambiant. Certains de ces volatiles superbement colorés se posent maintenant ici et là autour de nous, et parfois même sur nos épaules, notre visage ou notre nez. Pendant que ces insectes incroyables continuent d'affluer dans leur infinie légèreté, une voix de femme s'élève, une voix apaisante et hypnotique venue de très haut. On me dirait comme ça que c'est le murmure du mur mûr que je n'en serais qu'à moitié surpris.

– Oubliez tout ce que vous savez de vous-même. Oubliez les siècles d'évolution de l'espèce humaine qui vous ont permis de naitre sur cette petite planète bleue en perdition. Oubliez votre nom, votre âge, votre sexe, votre personnalité, vos qualités, vos défauts, vos erreurs, vos succès, vos échecs et toutes les autres conneries que vous avez pu faire depuis que votre naissance. Vous n'êtes plus rien. Vous n'avez jamais vraiment existé de toute façon. Vous ne serez plus rien pour le reste de l'éternité. Concentrez-vous sur le moment présent. Concentrez-vous sur ce papillon qui volète devant vos yeux. Concentrez-vous sur ce papillon qui n'existe que dans votre imagination. Il n'y a que votre imagination qui existe et qui fait exister tout ce qui vous entoure. Votre imagination est tout. Et vous n'êtes rien d'autre que votre imagination. Vous êtes aussi léger que ce papillon. Et maintenant… envolez-vous avec lui.

Soudain, les papillons remontent vers le ciel et s'évanouissent dans le jour naissant. La voix de femme se met soudain à rire et chacun des participants se met à rire aussi. Un rire immense s'empare des quelques centaines de personnes présentes sur cette terrasse en plein ciel. Et ce rire s'envole et rejoint les nuages de papillons qui nagent probablement dans l'espace, ou vers une autre dimension du temps, comme s'ils n'avaient jamais existé. Mes nouveaux collègues se mettent ensuite à applaudir cette nouvelle prestation des plus spectaculaires.

Je n'y comprends rien, mais tout cela est tellement merveilleux. C'est gratuit, inutile et tout à fait frivole, mais sans doute aussi essentiel que le sang qui circule dans nos veines. Enfin, s'il m'en reste encore un peu. « Une journée sans miracle est une journée sans soleil. » comme on le dit ici, dans ce monde virtuel de la génération dernier cri. Aou, aou, aou. Quelle génération exactement? Il y a longtemps que mes petits copains et copines du Théâtre ou Cirque de l'espace-temps ont cessé de compter ce genre de choses, je crois bien.

Les premiers rayons du soleil pointent à l'horizon. Une rumeur joyeuse s'élève dans cette foule de créateurs et de créatrices excentriques et farfelus, mais si charmants et, surtout, complètement imprévisibles. Enfin, la plupart du temps. La plupart du temps, le temps et l'espace se conjuguent ici de mille et une façons encore jamais vues, ni même imaginées à ce jour. Le temps et l'espace se provoquent et s'attisent comme si nous voyagions à la vitesse de la lumière ou à peu près. De là cette fausse impression d'immobilité relativement frémissante, sans doute. Je peux parfois devenir un penseur redoutable quand je me donne la peine de réfléchir deux secondes entre mes dégustations de champignons noirs cultivés en apesanteur.

– Émile Milliard, c'est bien vous? fait soudain une voix de femme derrière moi.

J'ai déjà entendu cette voix quelque part, dans une vie antérieure ou un ailleurs presque oublié, le temps est tellement déraisonnable ici. Et l'espace alors, que dire de l'espace, par les oreilles du cobra de Péribonka. Je n'en dirai donc rien de plus pour le moment. Je fais pivoter illico mon corps sublime vers cette voix non moins céleste. Et ce que je vois, ce que je vois devant moi, me scie le chez chat qui est chat, drelin drelon, ou quelque chose comme chat. Wow, wow et wow, wow, wow. Et j'exagère à peine, croyez-moi. Cinq étoiles et peut-être même davantage.

– On ne peut plus Émile Milliard que moi, avoué-je, primesautier et quasi volage, déjà, mais d'un goût exquis.

– Quelle magnifique surprise. Comment allez-vous mon chéri?

– Je suis ravi de votre beauté, ma chère. Amplement ravi.

Je baise la main de cette aventurière de l'espace-temps en imaginant que je savoure déjà ses lèvres humides, sans parvenir à me rappeler notre dernière rencontre, ni aucune de nos folies passées. La mémoire est une faculté qui m'oublie régulièrement, et je lui rends toujours sa monnaie de singe rubis sur l'ongle, mais une question persiste dans mes pensées vagabondes. Qui est cette femme et où nous sommes-nous rencontrés par le passé? To remember or not to remember, that is ze queztionne. Je décide donc de lui laisser l'initiative de la conversation, histoire de tâter le terrain en attendant de l'explorer plus en profondeur. Je parle de notre terrain de jeu, bien sûr, au sens figuré, ma gang de verrats.

– Émile, Émile, Émile, vous êtes encore plus magnifique que dans mes rêves les plus érotiques. Comment faites-vous? Petit coquin, va.

– Je n'ai qu'un seul secret, que je ne dévoile jamais, fis-je, sans doute comme un concombre légèrement givré.

J'essaie parfois de mettre en pratique les principes dûment éprouvés de mes cours de séduction massive, que j'ai suivis autrefois dans ma jeunesse tumultueuse : cultiver le mystère pour stimuler l'imagination de la cible. Mais je crois bien que je n'aurai pas tellement d'efforts à consentir ici pour exciter les fantasmes de cette grande beauté sauvage qui se trémousse devant moi. La Fille de la faille me semble tout à coup un sobriquet particulièrement approprié à cette femme divinement mystérieuse et suave, dont l'image me vrille les idées jusqu'aux os de son corps de rêve. J'ai parfois des réminiscences de l'une de mes vies antérieures où j'exerçais à titre de cannibale agréé.

– La dernière fois où nous avons joué ensemble, vous m'avez pourtant dévoilé un certain nombre de choses très, comment dire… désirables? glisse-t-elle malicieusement en s'approchant énormément de mon enveloppe corporelle.

– Dévoiler n'est pas synonyme de proposer, répondis-je, narquois.

– Vous maniez toujours aussi bien le verbe à ce que je vois.

– Le verbe de l'adverbe n'ont plus beaucoup de secrets pour moi.

– Et vous Émile, vous en avez pourtant encore quelques-uns pour moi. Ah…, vous me décevez un peu, mon chéri.

Cette starlette au corps électrique quasi dénudé, à peine voilé par sa minirobe très légère des grands soirs, s'approche énormément de ma jolie personne, jusqu'à effleurer ma joue de ses lèvres chercheuses. Sa bouche s'aventure ensuite dans mon cou, puis sur le pavillon de mon oreille où elle me susurre un air envoûtant.

– Vous souvenez-vous de cette musique, Émile.

– Je ne pourrai jamais l'oublier, répondis-je.

Voici qu'elle glisse maintenant son corps sur le mien, qu'elle m'enlace de ses bras nus tandis que les effluves de son parfum capiteux me titillent les narines. Et voilà que nous nous lançons ensuite à danser comme des amants fous, pressés de savourer la vie et tout ce qui s'ensuit. J'aimerais bien me rappeler notre dernière aventure, mais la prochaine s'annonce déjà si excitante que je me laisse plutôt submerger par la magie du moment. Et par ce corps, ce corps, ce corps, ah ce corps de statue lubrique et intemporelle entre mes bras d'abracadabra.

– Émile, Émile, vous dansez si merveilleusement, me glisse soudain ma belle bête du jour avant de s'esclaffer un brin d'un rire inouï.

– Ah, ha, ha, ris-je de plus belle.

Et nous continuons de ricaner comme des malades et de virevolter sur cette terrasse ébouriffante, au petit jour de cette aube naissante. Cette femme incroyable rit si joliment. Nous dansons et nous rions encore et encore comme si nous baisions ensemble depuis la nuit de tous les temps, et tant et plus. Elle vient et revient rire doucement à mon oreille tout en épousant mon corps de ses si courbes irrésistibles, avantageusement mises en valeur par son décolleté extrême. Ses cheveux noirs mi-longs caressent ses épaules nues chaque fois qu'elle bouge sa belle tête de tigresse chasseresse. Et ses yeux rient tout comme sa bouche et ses lèvres qui effleurent maintenant les miennes entre nos plaisanteries lubriques. De quoi rions-nous exactement? Bonne question, mais la réponse n'a aucune importance. Ses lèvres, par contre, prennent soudain un intérêt exponentiel, et les miennes aussi, semble-t-il. Et que dire de leur rendez-vous intime et fluide? On en reparlera bien un jour ou l'autre, si vous êtes toujours de ce beau monde.

– Émile, je sens que la magie vous titille l'esprit. Ai-je raison de le croire? me lance-t-elle entre deux frémissements de nos esprits farfelus.

– La magie de la vie m'enivre, répondis-je.

– Et la magie tout court? Qu'en pensez-vous?

– Que voulez-vous dire?

– Vous avez l'étoffe d'un magicien. Je le sens. Ça vous dirait d'essayer?

– J'ai plutôt l'étoffe d'un dieu grec, je crois.

– Je parle de magie noire, mon cher Émile. C'est tout autre chose.

– J'aime autant les noires, les rousses que les blondes.

– Et si je vous montrais comment en faire apparaître à votre guise.

– Oh, vous savez, j'aimerais mieux en faire disparaître quelques-unes. Enfin, parfois.

– Rien n'est impossible.

– N'en rajoutez pas, vous m'exciteriez indûment.

– Venez, j'aime mieux vous faire rire, dit-elle avant d'enfouir son nez dans mes cheveux d'artiste de la bagatelle.

Et nous voilà repartis à tourbillonner follement sur cette terrasse délirante en plein ciel, à l'aube d'une autre nuit folle. La nuit, le jour et les après-midis de baise sans fin se succèdent depuis je ne sais quand dans ce paradis perdu. Je ne me souviens pas avoir dormi beaucoup depuis que j'ai atterri dans ce Théâtre ou Cirque de l'espace-temps. La plupart des jours, je me souviens à peine de pas grand-chose, mais ça, c'est une autre histoire.

Je continue de virevolter dans un tourbillon fou avec cette fille presque trop belle pour être réelle. La Fille de la faille, quelle trouvaille, quand même. Je me demande bien quel peut être son vrai nom. Si elle en a un bien sûr. Tandis que nous atteignons une symbiose parfaite dans nos mouvements giratoires, mon regard s'égare à examiner les environs, comme si un excès de beauté féminine, même aussi exquise, pouvait me lasser. Moi, Émile Milliard. Je me reconnais de moins en moins facilement au premier coup d'œil. Qui suis-je donc devenu dans ce baisodrome céleste, ce paradis pour baiseurs professionnels et créatrices survoltées? Moi si chaste de ma personne en règle générale. Ah la vie… c'est beaucoup mieux que rien en effet.

« Rien n'est impossible. Rien n'est impossible. Rien n'est impossible. » Ces paroles de ma danseuse étoile du jour reviennent valser dans mes idées cycloniques en révolution permanente pendant que nous continuons de tournoyer follement. Et tandis que bon nombre des membres de cette troupe de l'espace-temps défilent devant mes yeux dans une sorte d'effet kaléidoscopique. Certains et certaines de ces comédiens, musiciens, magiciens, acrobates, dompteurs de serpents et autres artistes de l'improbable se baignent dans l'enfilade de piscines de toutes les formes et couleurs imaginables qui décorent cette immense terrasse. D'autres encore font de la musique, prennent un verre, consomment divers produits, jasent en petits groupes, pratiquent des numéros de haute voltige dans l'espace ou jouent avec des animaux de la jungle, surtout des tigres, des gorilles, des crocodiles, des singes et des oiseaux. Il y a aussi un certain nombre d'animaux, issus de manipulations génétiques très pointues, et presque impossibles à regarder dans le blanc des yeux. Et je vois aussi des arbres qui poussent parfois assez rapidement et qui disparaissent presque aussi vite comme s'ils hésitaient à exister dans cet univers impalpable.

– Votre peau goûte la beauté éternelle, dit ma jolie danseuse avant d'humecter à nouveau mes lèvres avec les siennes.

– Mmmm, mmmm, répondis-je en jouant son jeu à la perfection.

– Et vous embrassez si voracement, mon cher Émile.

– Et si je vous embrassais un peu partout comme ça? murmuré-je à son oreille.

– Je crois bien que je ferais de même, et quoi d'autre encore?

– Tout ce que vous voudrez, je dis bien tout, ma très chère….

– Attention à vous Émile, je pourrais vous prendre au mot.

– Prenez-moi comme vous voulez et envolons-nous.

– Émile, vous êtes un poète nu comme je les aime. Venez découvrir quelques-unes de mes merveilles.

Les paroles peuvent changer le monde, mais il n'est surtout pas question de modifier quoi que ce soit à nos idées d'infinie douceur épidermique qui s'esquissent ici et maintenant. Les astres viennent de s'aligner mystérieusement pour la futilité la plus frivole au monde, l'exploration folle de deux corps magnétisés par une envie partagée de vie qui bat. Ah, ha. Hum, hum. Chez chat qui est chat.

« Décidément, décidément », pensé-je à peine, en nous visualisant partir ainsi, main dans la main, avec l'idée de nous déguster le nombril et tout un tas d'autres jolies choses qui ne demandent que ça. Une femme-fleur, une femme oiseau, une femme chasseresse de grands fauves comme moi, et moi, Émile Milliard, c'est tout à fait ça. Quel est son vrai nom, déjà. Je n'en ai aucune idée. Mais ce sera encore plus amusant de le redécouvrir, j'en suis persuadé. Ainsi que tout ce que je sens déjà vibrer au bout de ses doigts, de sa paume légèrement moite, mais ferme et moelleuse, qui me caresse la main. J'imagine ses courbes gracieuses se déployer entre mes bras alors que je contemple le doux ballotement de ses seins, qui bougent si merveilleusement sous ce tissu soyeux et si léger qui les dissimule à peine.

– Vous serez fou de mes seins, je le sens, souffle la belle avant de rire encore.

– Je suis déjà fou de vous.

– Encore, Émile, encore. Venez, venez.

Cette fée espiègle de la faille vers l'au-delà continue de parader devant moi en me tirant par la main, comme si elle venait de remporter le grand prix au casino du plus beau mâle en ville, ou quelque chose comme ça. Je pourrais probablement me sentir comme un cadavre de caribou attaché sur le toit d'une camionnette après la chasse. Curieusement, cette nouvelle folie animale ne serait pas désagréable du tout. Ce serait sans doute encore plus agréable avec un exemple bien choisi, mais j'ai autre chose à faire pour le moment.

Nous passons maintenant tout près d'une piscine géante remplie d'eau turquoise. Ma belle fait disparaitre sa minirobe comme si elle arrachait un pétale à une rose et elle plonge tout de go dans la flotte. Je la suis comme son ombre liquide. Nous nous coulons côte à côte dans cet univers fluide et caressant. Nous ondulons vers les bas-fonds comme des oriflammes qui frémissent au vent. Cette damnée piscine semble se prolonger indéfiniment vers des profondeurs abyssales. Nous continuons de descendre dans ce liquide bleu éclairé par des sources qui me semblent encore très éloignées. Où allons-nous comme ça? Ce n'est pas une piscine, c'est un lac, que dis-je un océan. Nous croisons maintenant des animaux marins de formes et de tailles étonnantes. Des espèces encore inconnues du commun des vivants qui nait sur le plancher des vaches.

Nous arrivons près d'une sorte de cathédrale engloutie, taillée à même les concrétions rocheuses du plancher océanique. Nous entrons dans ce palace par un sas pratiqué dans une porte monumentale surmontée d'une grande arche en pierres.

Un silence impressionnant nous enveloppe comme une seconde peau des plus seyantes et d'une douceur infinie. Il règne ici une atmosphère comme je n'en ai jamais ressenti ailleurs.

– Venez jouir de la beauté des grands fonds, dit simplement ma compagne du jour.

Nous continuons de marcher dans ce temple du silence. Je découvre lentement un joyau précieux, une construction vivante, je ne sais trop comment l'appeler. Cet édifice sous-marin massif et sombre donne l'impression de vivre et de respirer.

– Aimeriez-vous voir la faille vers l'au-delà?

Cette femme étonnante, complètement nue devant moi, me regarde de ses grands yeux noirs extraordinairement expressifs. Un demi-sourire énigmatique se dessine sur ses lèvres. On dirait qu'elle a le goût d'ajouter quelque grivoiserie fantasque à ses mots étonnants. Elle rigole intérieurement. Je crois distinguer les reflets de son exultation secrète qui chatoient dans son regard.

– Venez vous laisser torturer, Émile, dit-elle en me reprenant la main.

Nous courons vers son alcôve privée ou je ne sais trop quoi. Je me sens déjà glisser irrémédiablement dans cette faille vers l'au-delà. Cette faille dans l'espace ou l'espace-temps. Cette faille entre le connu et l'inconnu. Cette faille entre mon cerveau ravi et les os de mon crâne. Cette faille vers le noyau en fusion de cette planète errante incroyablement attirante qui m'agrippe la main.

Cette faille dans laquelle mon esprit tourbillonne indéfiniment vers le rien du tout comme une feuille morte déchiquetée entre deux mondes disjoints.

Cette Fille de la faille m'ouvrira sans doute une porte vers l'au-delà un de ces jours. Ou peut-être même vers l'au-delà de l'au-delà... et cætera, et cætera... Ah, ma gang de cobras.

***

Chapitre 6
Quelle faille?

Ça tourbillonne, ça tourbillonne, ça tourbillonne méchamment dans mes neurones survoltés. Ah que ça tourbillonne avant même que je sois vraiment réveillé.

Et ça sonne et résonne quelque part dans mon chaos organisé. Est-ce le téléphone, l'ordinateur, la sonnette de la porte d'entrée, les clochettes ou les trompettes de l'apocalypse?

J'ouvre les yeux. Mes paupières molles retombent d'épuisement sur une autre nuit dévastée qui voudrait se poursuivre. Hé, hé. Ho, ho. Holà. Oh lala. Et qu'est-ce que je fais là, couché sur mon grabat de la rue des Mammifères repus?

J'ai dû m'échouer sur mon matelas, vaincu d'épopées alléchantes, au détour d'une autre nuit folle dont je n'ai aucun souvenir. J'ai perdu le fil une fois de plus et je me réveille seul, chez moi, enfin, je crois. Je crois que je crois, c'est déjà ça. Je fais le tour de mon antre à la recherche de quelques traces, indices ou autres preuves à conviction de mon existence. Tout semble normal, aucun cadavre en vue. Aucune présence animale, végétale ou minérale autre que celle de votre radin marquis au divan exquis. Nul autre que lui-même en personne, et quand je dis nul, je n'insiste pas outre mesure. Aucune odeur suspecte dans mes narines frémissantes. Il n'y a que moi et moi dans ma cage. Je suis le roi des rois de rien du tout. J'atterris bientôt dans mon fauteuil préféré à la recherche d'une bouée de sauvetage sur mon océan d'incrédulité. Je suis toujours vivant. Je suis encore et toujours vivant. Je suis incroyablement vivant. J'y crois à peine, mais je n'ai pas le choix. C'est déjà mieux que rien. Mais pour combien de temps?

Et ça continue de tourbillonner assez férocement entre mes oreilles. Mais je suis confortablement assis, alors tout est encore possible en ce nouveau matin, après-midi, soir ou nuit, faudrait que je vérifie derrière mes tentures tellement opaques. Une peur singulière m'envahit soudain à la pensée d'ouvrir les tentures pour regarder dehors. Que s'est-il donc passé ici au cours de ma dernière éclipse personnelle, temporelle, spatiale, spatio-tempo-relle? Des idées encore plus folles que celles d'hier se jouent de moi et des restes de mon inconscience sous perfusion.

Des images d'un monde aérien et trop irréel pour mon imagination en panne flottent ici et là. Pour l'amour de Péribonka ou d'Inukjuak, j'ai bien vu ces gratte-ciel grimper au-delà des nuages pendant que j'essayais de rejoindre cette fille aux cheveux rouge, bleu et noir. Cette fille avec qui j'ai connu ce fou rire tellement, tellement, tellement..., tellement... laissez-moi y repenser au moins jusqu'à demain, c'était trop merveilleux. Et si c'était précisément ce fou rire qui nous avait permis de nous projeter dans cet univers du futur, sur le toit de cet édifice hallucinant, au sein de cette troupe du Cirque ou du théâtre de l'espace-temps. Repensons-y un peu, mais pas trop. Et il y a aussi cette autre fille délirante avec laquelle je me suis égaré dans cette faille vers l'au-delà pendant que nous visitions cette cathédrale vivante au fond de cet océan-piscine ou je ne sais quoi. Que se passe-t-il donc avec cet Émile Milliard? C'est précisément ce que j'aurais le goût de me demander si seulement je pouvais espérer une réponse quelconque. Et non pas une question additionnelle en guise de réponse. Ou une autre stupidité encore plus milliardienne de mon cru. Il faudra bien que je devienne un peu plus sérieux, un jour ou l'autre, ou l'autre encore, jusqu'à je ne sais quand. Sinon, eh bien, n'en parlons plus.

J'ai déjà lu une histoire presque aussi délirante que la mienne, dans un autrefois pas si lointain, me semble-t-il. Si je me souviens bien, le héros se retrouve ensuite seul chez lui et une cinéaste extraterrestre débarque pour l'interviewer. Enfin, peut-être pas extraterrestre, mais quelque chose comme ça. Et si cette cinéaste, ou une autre, décidait aujourd'hui de faire le portrait du gigolo le plus recherché au pays, et même ailleurs dans l'espace-temps, qui d'autre contacterait-elle que votre orgueilleux maître et serviteur, ce fabuleux Mi-Mile du Milliard en personne? Et quand je dis personne, je dis bien personne, dans le sens le plus propre que l'on puisse imaginer, enfin, bref.

Ah ha! Ha, ah!

J'entrevois maintenant s'aligner des forces ténébreuses dissimulées dans l'obscurité la plus farouchement sombre. Ce n'est pas facile, mais j'y parviens presque. Il fait noir dans mon petit cervelet en cavale et il fait terriblement sombre également dans mon bureau-dortoir-mouroir de la rue de Mammifères repus avec ces tentures opaques et terriblement fermées. L'aventure m'avait toujours tenté, et la tenture souvent berné ou brimé, je ne saurais dire pire. Aurai-je le courage de les ouvrir, ces foutues tentures, pour voir ce qui se passe dans cette ville? Et si cette ville nordique était vraiment devenue une jungle tropicale truffée d'une forêt drue de gratte-ciel infinis? Quelque part en 2055? Je n'ai pas vraiment le goût de me retrouver en 2055! Et si le Cirque de l'espace-temps m'attendait réellement au sommet de l'un de ces gratte-ciel? Et si je tombais dans cette faille vers l'au-delà avec cette fille sublime dont je ne connais même pas le nom? Comme d'habitude. Cette fille qui m'a dit que j'avais l'étoffe d'un magicien sur cette terrasse égarée au firmament de mon cervelet bouffi de rondelles de cobra mariné. Et cætera, ma gang de rats.

Je m'approche de cette tenture diablement opaque qui recouvre la fenêtre de mon bureau-dortoir-mouroir de la rue des Mammifères repus. Je sens que je vais mourir sur place si je vois cette forêt de gratte-ciel se dresser devant moi. Ce sera la preuve que je ne sais plus faire la distinction entre le rêve, la réalité, la fiction et tout un tas d'autres choses, parfois utiles, il faut bien le dire. Ou la preuve que j'ai été téléporté dans le futur? Et si cette Québec tropicale version 2055 n'apparaît plus devant moi, je n'aurai qu'à aller mourir de ma belle mort au volant de ma Sporsche lancée à fond de train sur un pilier du meilleur béton. Quoique, le béton lui-même n'est plus tout à fait ce qu'il était… Je pourrais aussi aller prendre un verre à la terrasse du coin et tenter d'oublier tout ça avec une autre merveille de ce duché étonnant. Ou je pourrais retourner me coucher, jusqu'à la fin du monde, avec une bonne dose de poison dans les veines, comme la moyenne des cobras cabrés de joie pure.

Je crois que je vais déclarer ce jour nul et non avenu en espérant que demain efface mes souvenirs d'hier et des derniers jours sur cette terrasse démente avec ces fous du Cirque de l'espace-temps. Cela me semble une excellente idée tout à coup, un peu comme un autre coup de massue sur mon crâne ou quelque chose comme ça. Comme ci, comme chat…

Et puisque ça recommence à tourbillonner sérieusement sous ma calotte glacière, quelque chose me dit que mon matelas serait tout disposé à accueillir ma jolie carcasse encore quelques heures, jusqu'à demain ou même après le surlendemain. Mais peut-être pas jusqu'en 2055, grands diables de grands dieux du ciel et de l'enfer! Enfin, on verra bien ce qu'on verra à mon prochain réveil, ou dans une autre de mes vies improbables, ou autrement, le cas échéant, chhhhhut…

Avant même de réussir à glisser ma tête sur mon oreiller rayé, je crois bien que je rêve déjà. Je continue de rêver même, et peut-être surtout, quand je ne dors pas. Je dors si peu d'ailleurs. Je dors sans dormir, je rêve en rêvant que je rêve, et cætera, et cætera, ma gang de cobras à six bras. Je me dissous dans le rien du tout… zzz…

Ce qu'il y a de merveilleux dans une vie aussi folle que la mienne, enfin si on peut dire ça comme ça, c'est que les événements de mon quotidien sont tellement étonnants que même mes meilleurs rêves n'arrivent pas à la cheville de ma réalité. Mes rêves nocturnes, bien sûr. Enfin, pas toujours nocturnes, puisque je dors souvent le jour aussi, mais les rêves qui surviennent durant mon sommeil, ou mon absence de sommeil. Bref, toutes ces conneries finissent par se mélanger terriblement et c'est sans doute pour ça que j'ai des visions, des hallucinations et tout un tas d'autres trucs qui n'ont tout simplement pas d'allure. Et les champignons cultivés en apesanteur, et les rondelles de cobra marinées à la sauce trop piquante, et tous ces autres produits et mixtures que j'ingurgite autant dans ma vie réelle que dans mes rêves? Et cætera, et cætera. Et je pourrais continuer comme ça encore longtemps… et peut-être même jusqu'en 2055, qui sait?

Eh bien voici, eh bien voilà que je continue de parler même quand je dors. Je sens que je vais bientôt me mettre à ronfler comme un cachalot échoué. Et je me réveillerai illico presto en pensant qu'une soucoupe volante vient d'atterrir devant ma porte avec à son bord une cinéaste extraterrestre, débarquée spécialement pour m'interviewer. Ou un autre personnage encore plus mystérieux, un être fait d'ombres et de rêves inachevés comme ceux qui osent à peine se former dans mon esprit de bottine? Ou bien, ou bien, ou bien… ou, ou, ou… zzz…

J'ouvre les yeux comme si je venais de glisser un doigt humide dans une prise électrique. Dzzitt!! Dzzitt!! Aïe, aïe, ouille, ouille! Un choc terrible me parcourt la carcasse en un éclair et je me retrouve instantanément debout, prêt à affronter je ne sais trop qui ni quoi. Les tentures sont grandes ouvertes et la lumière inonde mon repaire. Qu'est-ce qui se passe? Pourquoi? Comment? J'entends un vrombissement de moteur particulièrement puissant, là, tout près, dans la rue, devant mon bureau-dortoir-mouroir. J'enfile quelques pelures d'explorateur égaré et je sors pour tâter le terrain.

Par les pythons de Saint-Gédéon-de-Maskinongé! Qu'est-ce que c'est que cette affaire-là qui vient d'atterrir ici? Une sorte de voiture volante d'une autre planète? Un véhicule d'exploration spatiale du futur? Une soucoupe volante qui se serait trompée d'époque? Un peu de tout ça, je crois bien, avec une touche de folie pure, comme d'habitude. C'est rouge, noir et jaune, et ça ressemble à un gros insecte stylisé croisé avec une technologie qui fait frémir. Et ça dégage une énergie considérable. Un certain tremblement agite le sol, il me semble. Soudain, la porte de l'habitacle s'ouvre et j'entends une musique folle qui se répand de l'intérieur. Je m'approche et je vois bientôt un gars qui me ressemble étrangement, assis dans le siège du pilote.

– Viens Émile, on va aller faire un tour, me lance mon sosie parfait pendant que la mâchoire me tombe par terre.

La porte s'ouvre du côté passager. Je replace ma dentition égarée tandis que je me glisse dans ce véhicule qui me transporte déjà dans un autre monde avant même de décoller. En moins de temps qu'il n'en faut pour le penser, voilà que nous nous envolons. Nous survolons maintenant cette ville tropicale, truffée de gratte-ciel interminables, pendant que cette musique apocalyptique me ravage le cervelet. Argh. C'est un jour un peu brumeux. Je vois des nuages qui s'accrochent aux édifices, et vice versa, tandis que nous grimpons vers les hauteurs et que je cherche mon souffle. Je regarde encore ce type qui pilote ce véhicule incroyable. Il me ressemble tellement que j'en viens rapidement à ne plus savoir si je suis le passager ou le pilote. Il tourne sa tête vers moi. Je le regarde dans les yeux et j'ai l'impression que c'est moi qui tourne ma tête vers mon passager pour lui dire :

– Bienvenue dans mon rêve, Émile. Mon rêve qui est aussi le tien. Et vice versa, ma gang de rats.

Je n'en reviens tout simplement pas. Ce gars-là me parle de la même façon que je me parle à moi-même quand je tourne en boucle dans mes pensées circulaires de radoteur professionnel. En fait, c'est moi-même qui me parle à moi-même, ce qui n'est pas tellement différent de ma vie habituelle, après tout.

– À qui parlez-vous lorsque vous vous parlez à vous-même? glisse insidieusement mon sosie.

– À moi-même, répondis-je éberlué.

J'ai la nette impression de me parler à moi-même comme je le fais si souvent, mais de vive voix cette fois-ci.

Et c'est là que cette hallucination trop réelle bascule définitivement vers autre chose d'encore plus capotant. Est-ce vraiment possible? Il semble que oui. Je me retrouve soudain seul aux commandes de ce véhicule comme si j'étais devenu cet autre moi-même. Cette petite folie-là devient drôlement passionnante en dépit de ce délire musical tonitruant qui me laboure joyeusement l'occiput. J'aimerais bien trouver le bouton de commande de cette musique démente, mais c'est totalement hors de question pour le moment. Puis, je constate progressivement que je n'ai pas grand-chose à faire pour conduire cette chose volante. Je reste assis là à effleurer quelques manettes selon l'inspiration et les manœuvres s'enchaînaient automatiquement. Mon insecte volant se dirige maintenant vers le toit d'un gratte-ciel. Il s'y pose bientôt en douceur et la porte de l'habitacle s'ouvre. Si seulement je pouvais trouver la commande de volume de cette damnée musique avant qu'elle ne me troue les tympans.

Je débarque sur le toit d'un autre gratte-ciel. Un édifice gigantesque, mais très différent de celui où j'ai rencontré cette folle fée aquatique et sa cathédrale engloutie. Et sa foutue faille vers l'au-delà de l'au-delà ou quelque chose comme ci, comme chat. Quoique, quoique... je pense que j'aimerais bien étudier la chose plus en détail si l'occasion se présentait à nouveau. Sait-on jamais ce qui attend ce fabuleux Émile Milliard dans toutes ses vies impossibles encore à venir? C'est parfois rassurant de parler de soi à la troisième personne.

Je m'éloigne lentement de cet insecte hypertechno, qui vient de me déposer ici, et cet appareil hallucinant reprend son envol et disparait de ma vue. Alors voici, alors voilà. Les dés sont jetés semble-t-il, dans un néant profond qui ne risque pas de les recracher de sitôt, et je n'ai d'autre choix que d'avancer sur ce tapis rouge déroulé sur le toit immense de cet édifice colossal. Je marche donc, droit devant moi, en direction de nulle part, sur ce magnifique tapis rouge, encadré de cordons noirs du plus bel effet. Je sifflote pour voir si j'existe encore, et je pose un regard circulaire aux alentours où je ne vois strictement rien d'autre que ce toit, qui se prolonge indéfiniment dans tous les sens. Il y a aussi des traces de nuages qui s'amusent à défier le vent ou à se défiler dans le vent selon le point de vue. Ce n'est pas aussi accueillant qu'un désert, mais presque.

Pourquoi ce foutu tapis rouge? Est-ce le chemin qui mène à la gloire universelle et à d'autres balivernes semblables? Ou l'entrée des artistes de la bagatelle comme votre trop humble serviteur? On me réserve peut-être un trophée et une ovation interminable. Devrais-je préparer un discours ou quelques pas de danse à claquettes pour saluer comme il se doit une foule en délire?

J'avance sur ce tapis rouge comme un poivron bien frais en imaginant le pire du meilleur et le meilleur du pas trop pire. Bref, je continue de déconner comme un crétin mariné dans le jus de cobra de Péribonka. C'est chat qui est chat. Ce fabuleux tapis rouge se prolonge au-delà de ma vue sur ce toit tout aussi infini. Ça devient un peu lassant tout cet infini qui me précède et qui me poursuit à la fois, mais je n'ai pas tellement d'autre choix pour le moment et je continue de progresser vers ce nulle part de l'ailleurs. Enfin, on verra bien ce qu'on verra, ma gang de verrats.

Il règne ici un calme étrange, au sommet de ce gratte-ciel perdu dans cet amas de nuages. Je me sens devenir de plus en plus léger à chaque nouveau pas vers ce nulle part que j'imagine déjà. J'ai toujours eu un certain talent avec le nulle part, le rien du tout et tout un tas d'autres patentes impossibles ou presque inexistantes. Je sens que ce ciel brumeux pourrait m'aspirer comme une brindille et me recracher n'importe où en pièces semi-détachées ou quelque chose comme ci comme chat. Les promenades en plein ciel sur un tapis rouge, ça vous secoue drôlement l'imagination et tout ce qui vient avec.

Et si je quittais ce foutu tapis pour explorer les environs? Ces nuages cachent peut-être quelques beautés encore jamais vues à ce jour? Ou combien d'autres merveilles qui n'attendent que leur découvreur?

Dès que je pose un pied hors de ce tapis rouge, je m'aperçois qu'il n'y a rien là pour me soutenir, que du vide et des nuages. Épouvanté, je plie l'autre jambe et je me retrouve à genou puis à moitié étendu sur cette carpette de malheur pour tenter de freiner ma cabriole vers le néant. La relative légèreté de mon corps fait quand même valser la moquette dans tous les sens et voilà qu'elle se transforme en glissade où je tombe comme un poids mort en chute libre.

Je crois bien que je viens de perdre le peu de contrôle qui me restait encore sur la suite des choses. Je dérape sur ce tapis de plus en plus pentu et glissant comme si ce toit immense était devenu tout à coup oblique. Je sens que c'est la fin de quelque chose. Je vais sûrement aller m'écraser la face quelque part et le reste de mon corps de rêve par la même occasion. Une idée complètement folle me passe par la tête et s'évanouit aussi vite pendant que je continue de glisser de plus en plus vite sur cette pente aiguë. Puis des milliers d'idées encore plus délirantes se succèdent comme des balles de mitraillettes qui me hachent le cerveau en mille miettes. En milliards de particules. En molécules, en atomes, en quarks et en un tas d'autres affaires presque imaginaires. C'est la terreur totale sur l'océan démonté de mon âme égarée et ailleurs aussi. La hantise du vide et la peur de tomber se conjuguent, se répandent et s'emparent de tout mon petit moi, incluant la totalité de ma ménagerie intérieure, je crois bien. Et je continue de glisser toujours plus vite sur cette pente folle.

Pendant que quelque chose de mes restes dissociés se demande encore s'il y a un avenir, avant de crever écrasé au bout du rien du tout, ma virée folle sur cette pente savonneuse prend une nouvelle tangente encore plus démente. Cette glissade rouge se met à zigzaguer dans tous les sens, à tourner sens dessus dessous en spirales infernales et je n'ai d'autre choix que de poursuivre ma dégringolade en catastrophe vers je ne sais où. J'ai vaguement l'impression que cette glissoire descend à l'intérieur de ce gratte-ciel infini. Il me semble que je vois des étages se succéder ainsi que des pièces immenses éclairées par des fenêtres tout aussi grandioses. Mais tout ça passe en rafale devant mes yeux exorbités au même rythme que le déluge d'idées désarticulées, extravagantes et monstrueuses qui me déchiquettent le cervelet enflammé.

Et je vois maintenant des groupes de gens, massés de chaque côté de cette glissoire, qui ovationnent mon passage, qui crient et qui applaudissent ma performance involontaire. Puis je continue de tourbillonner follement et de dégringoler dans ce manège hallucinant qui me projette dans tous les sens à une vitesse affolante, prodigieuse, stupéfiante. Argh. grr.

Et j'aperçois encore ici et là des groupes de gens massés de chaque côté de cette glissoire rouge, cette pente savonneuse interminable et de plus en plus sauvage. Des gens qui ressemblent à ces artistes étonnants du Cirque de l'espace-temps. Des gens qui scandent mon nom à répétition comme dans une transe.

– Émile Milliard, Émile Milliard, Émile Milliard…

Et le sens de toute cette mascarade m'explose soudain à la figure. Je me dis qu'une force extra-terrestre ou même extra-galactique s'affaire à me reprogrammer la cervelle à distance. Où alors, c'est le Cirque ou le théâtre de l'espace-temps qui me fait subir une sorte d'initiation. Ou peut-être les deux à la fois. Ah, ha! et ha! Et est-ce que l'on ne chercherait pas à s'emparer de ma beauté suave et de mon corps de rêve par la même occasion? Ça gigue plutôt follement dans mes petits neurones. Quand on vit à deux cents à l'heure, il est parfois tentant d'utiliser le régulateur de vitesse. Je ne parierais pas mon prochain milliard là-dessus, mais c'est une piste comme une autre, me dis-je en ne pensant à rien ou presque. J'ai un style inimitable pour la chose. Le rien m'habite à tour de bras. Pas de mauvais jeux de mots, ici, s'il vous plait.

J'ai vu un reportage sur la reprogrammation neuronale au canal Cervelle en folie, il n'y a pas si longtemps. Les soi-disant reprogrammés y parlaient justement de leur expérience initiatique sur la glissade vers le néant, qui ressemble étrangement à cette rampe archi savonneuse sur laquelle je m'use le popotin à petit feu.

Et voilà que mon corps sublime, mais quelque peu défrisé, vient de quitter cette glissade pour exécuter un plouf très retentissant dans l'eau confortable d'un lac, d'une piscine ou d'un océan. Je le sais-tu moi?

Je descends en apnée dans une solution bleutée où nagent des sirènes blondes, rousses et noires minimalement vêtues de leur plus simple appareil. Comment résister à un tel lavage de cerveau offert si gracieusement dans un environnement aussi, comment dire, un environnement aussi rehaussé de telles beautés mytho-logiques à l'état primitif. Pas pire, pas pire. Je sens que mes bestioles intérieures vont adorer.

« Tourlou, mesdemoiselles. Prendriez-vous un petit sexpresso avec moi sur une terrasse? » aurais-je le goût de lancer à la volée, si ce n'était de cette eau bleutée qui menace de m'étouffer.

J'ai un chic pour amadouer les forces primitives avec mon humour irrésistible. Même les volcans ne me résistent pas très longtemps. Surtout les modèles avec de longs cheveux dorés et un sourire ravageur.

Et un bon petit massage de fesses ne serait pas de refus non plus après cette descente extrême de mon cervelet sur l'arrière-train de ma dernière cascade. La vie, ce n'est pas toujours comique, ma gang de cobras.

***

Chapitre 7
Dur de durer

Un jour ou l'autre, un gars se retrouve devant pas grand-chose, c'est-à-dire lui-même et sa bonne vieille carcasse, trois ou quatre pots vides de rondelles de cobra mariné, et un certain nombre d'autres patentes rescapées du dernier cyclone de Saint-Gédéon-de-Maskinongé. Ô yé, baby, ô yé.

Un jour ou l'autre, un gars se retrouve à essayer de jouer du blues sur une vieille guitare qui a perdu son nom depuis un sacré bout de temps, à Saint-Gédéon-de-Maskinongé ou ailleurs, les pieds pendants au bout du quai, avec une bouteille de décoction de cobra aux cerises à portée de la main, au petit matin d'un automne frisquet. Et le gars commence à penser qu'il fait dur à cuire en titi si loin du feu de camp. Ô yé, il fait pas chaud. Ô yé.

Inspiré par mes quelques strophes de ce matin fleuri, je me dis que je vais aller me balader en réfléchissant à mon avenir au sein de ce Cirque de l'espace-temps qui me courtise si assidûment. Ma carrière semble vouloir prendre un nouveau tournant inespéré et il convient de fêter l'événement. Je me dis parfois, je vais même jusqu'à penser, avec les risques innombrables que cela comporte, que si seulement je pouvais visionner à nouveau mes rencontres étranges des derniers jours, grâce à cette foutue mémoire universelle, j'en conclurais probablement que tous ces événements sont étroitement reliés. À la suite de cette conclusion époustouflante, j'ajouterais peut-être que mon esprit de déduction ne cesse de me mystifier. Et je pourrais également commenter ma situation en ces termes, avec une pointe de mon esprit de bottine habituel : « Mon abonnement à la mémoire universelle me coûte la peau des dents, mais cela en vaut amplement le coup de dentier dans le steak tartare de crocodile ». En 2055, il faut se mettre au parfum des dernières technologies si on veut durer et continuer de mordre dans la vie, hi, hi. Ô yé ma gang de rats.

Mais il semble bien que cette foutue mémoire universelle demeure une chimère, car nous ne sommes pas encore rendus en

2055. C'est comme ça. Avoir des visions du futur et vivre dans le futur sont deux choses complètement différentes. Avoir des visions de l'impossible et vivre l'impossible, eh bien, eh bien, il semble que ce ne soit pas aussi impossible que ça pour ce fabuleux vicomte Émile du Milliard, votre futurologue de l'improbable et ses joyeux bibelots quantiques. Avoir des visions de l'imprévisible, c'est un peu semblable, mais très légèrement différent, pour ceux et celles qui se poseraient la question.

Quoi qu'il en soit, que nous soyons en 2055 ou en 3033, cela ne change rien au fait que mon estomac crie et que mon réfrigérateur produit un écho bizarre, en raison de son vide intégral. Il n'y a même plus de ketchup, ni de moutarde, ni aucun autre de ces délices extrêmes du petit déjeuner sur ses clayettes abandonnées. Moi et mon réfrigérateur, même combat. Et que dire de mon téléphone, de mon ordinateur ou de ma collection de chaussettes de grand couturier? Sans doute pas grand-chose de transcendant, alors aussi bien envisager la vie d'un point de vue différent ou autrement.

Et j'irais jusqu'à dire que c'est probablement là que réside le secret de mon succès phénoménal en ce monde. Phénoménal, je dis bien, et le mot est faible. Fort faible, je dirais même. Mon fabuleux secret, c'est-à-dire ma capacité supérieure à percevoir ce fameux monde d'un point de vue radicalement nouveau. Ma vision unique et singulière de cette bonne vieille réalité. Bon, bon. Un peu de réflexion s'impose, me dis-je, en me gratouillant l'occiput d'un ongle distrait. La réalité, ou ce qui en tient lieu, utilise parfois des modes opératoires étonnants. Sans compter ses entourloupettes stupéfiantes et même superfétatoires comme la logique, la raison et ma propre existence. Je suis le prince de l'inutile et de l'impossible et j'en suis fier. Je serai bientôt le roi de l'imprévisible, je ne le sens que trop bien, mon python ou ma pitoune. Mais mon estomac me parle et il s'en fout royalement de tout ce que je peux bien penser. Et quand mon estomac parle, je me dois de lui en boucher un coin au plus sacrant au risque de me mettre à déparler encore plus que d'habitude. Ce qui ne serait pas rien dans la conjoncture actuelle.

Je sors donc de mon bureau-dortoir-mouroir de la rue des Mammifères repus avec une obsession sur les talons : fermer la trappe de mon estomac au plus sacrant. Par les orteils du cobra de Péribonka!

Je descends la rue en pente douce en direction de ma Sporsche qui m'attend là-bas en bordure de ce trottoir quasi incandescent. Quelle heure est-il? Quel jour sommes-nous? Pourquoi est-ce que je sue déjà autant? Ce soleil flamboyant finira un jour par nous faire frire les uns après les autres comme du bacon dans un poêlon. Encore mon estomac qui fait des siennes avec mon imaginaire déglingué. Tant que mon imagination ne sera pas prise en chasse par des meutes de steaks de brontosaures, ça devrait aller. Ou des trios de côtelettes de diplodocus. La gastronomie préhistorique est un autre de mes dadas. Et que dire des cuissots bien gigotés de dindonneaux aux pruneaux confits. Que dire de moins, en effet.

À mesure que je m'approche de mon bolide, mon estomac continue de m'asticoter l'appétit. Et cette chaleur d'enfer me cuit le cuir chevelu et tout ce qui s'ensuit dans mon corps de rêve. Cette merveille incomparable qui pourrait bien se transformer lentement en mirage sur fond de désert dévorant avec à peine quelques degrés de plus. Ou en squelette en goguette? Gogo à gaga. Des bribes de mes vies futures défilent quelque part dans les reliefs de mes pensées gratinées. Je sens que je vais rencontrer aujourd'hui une personne sublime qui va changer ma vie du tout au tout. Je vois déjà l'image idyllique de cette femme affolante et capiteuse se dessiner au-delà de mes pensées les plus obsédantes et de mes délires culinaires de haut vol. Cette femme va me proposer une reconfiguration totale de mon existence actuelle, et de quelques-unes de mes vies futures par voie de conséquence, rien de moins. Une sorte de réingénierie globale de ma structure atomique, moléculaire, génétique et cætera. Plus quelques petits extras comme un redrapage du visage et un rhabillage de mon image de marque? Qui sait ce que l'avenir me réserve à bord de ce voilier rouge que j'imagine déjà fendant les vagues sur ce fleuve Saint-Laurent de tous les possibles.

Qui est cette femme? Pourquoi veut-elle me métamorphoser de la sorte? Pourquoi est-ce que je pense à toutes ces affaires trop bizarres? Et où est donc passée cette forêt de gratte-ciel qui avait envahi cette ville nordique devenue tropicale? Mon estomac vide est en train de me rendre fou. Il faut absolument que je mange quelque chose avant qu'il ne se dévore lui-même tout en me consumant par la même occasion. Un jour, je me cannibaliserai personnellement en guise d'apéro avec un soupçon de caviar et de champagne. Peu importe ce que ça peut bien vouloir dire. Du moment qu'il y a du caviar et du champagne aux environs. La combustion spontanée a ses adeptes également. Et avec ce foutu réchauffement climatique, ça risque d'arriver plus souvent qu'on pense. Pschitt! Et voici un autre humain carbonisé sur cette bonne vieille planète rôtie sous ce climat déréglé. Je crois énormément que je suis en manque aigu de rondelles de cobra mariné, je ne le sens que trop bien, mais plutôt mal en fin de compte.

J'arrive finalement en vue de ma voiture garée dans cette ruelle. Une très belle ruelle, irais-je même jusqu'à dire. Je me rue donc sur elle dans cette superbe ruelle, je démarre le moteur de ma jolie mécanique et je respire déjà un peu mieux. Et me voilà maintenant lancé vers cette destination rêvée, où m'attend sans doute cette mystérieuse inconnue qui va révolutionner le reste de mes jours sur cette planète, et peut-être même ailleurs. Grosse journée en perspective. Avec mes tripes qui me glougloutent une symphonie de gargouillements.

Je roule dans les rues quasi désertes de cette ville si étrange. Il semble que personne n'ose affronter cette canicule accablante, et avec raison sans doute. Mais le simple bon sens du commun des vivants n'a jamais vraiment fait partie de mes plans. J'ai déjà été un despérado du pédalo dans l'une mes vies extérieures. Je vous raconterai ça un jour prochain si vous y tenez absolument. Pour l'instant, j'avance rapidement sur un boulevard au pavé exquis, puis j'emprunte la direction de l'autoroute avec l'idée de rouler le pied dans le plancher pour tenter de me rafraîchir les affaires. J'en arrive à me demander si je rêve ou si je dors, ou si je rêve que je dors. La réalité la plus banale n'a plus rien de réel dans cette chaleur torride. Vivement le pied dans la carpette de la moquette et un peu d'air frais avant de crever bien cuit.

J'aiguise les pneus de ma machine infernale sur cette autoroute déserte durant un bon moment. Je ne suis plus très sûr de savoir ce que je fais au volant de mon bolide déchaîné. Je me suis procuré quelques victuailles dans un restoroute en passant. Mon estomac se calme lentement à mesure que je le remplis de protéines, d'oligoéléments et d'autres nutriments indispensables à une vie saine comme la mienne. Il me semble que je recommence à penser normalement, ce qui me surprend toujours un peu. Et je me demande maintenant où j'en suis rendu, car je crois bien que j'ai perdu le fil de pas mal de choses au cours des dernières heures du jour, de la nuit et même avant.

Qui suis-je? Que fais-je? Où suis-je? Pourquoi? Comment? Ma liste de questions se prolonge inexorablement pendant que je regarde ce ciel tourmenté au-dessus de ma tête vide de toute réponse. J'administre quelques nouveaux coups de fouet métaphoriques au moteur de ma bête pour dépasser un véhicule poussif sur cette autoroute presque déserte. Sur un panneau indicateur, je vois maintenant la mention Saint-Gédéon-de-Maskinongé 12 kilomètres. J'y serai dans quelques minutes pour rencontrer cette femme mystérieuse. Je sais qu'elle m'y attend. Je le sens. Le futur me parle. Même si je n'y tiens pas tant que ça. Et le futur est toujours plus près qu'on peut le croire. Si on est encore capable de croire en quelque chose, bien sûr.

Ce qu'il y a de merveilleux dans les villes et villages de ce pays imaginaire, c'est que tout est encore possible. Tout et souvent pas grand-chose comme vous vous en doutez probablement déjà. Mais qu'importe, après tout, car même ce pas grand-chose, c'est déjà beaucoup, enfin, c'est mieux que rien, ça, c'est sûr, mais pas énormément mieux. Non, pas énormément. Ni autrement. On ne peut pas dire ça. Non, je ne crois pas. En résumé, je ne crois pas que je crois et je crois que je ne crois pas, ou quelque chose comme ça. J'aime surtout me contredire moi-même. Un autre de mes sports débiles.

Ce que je peux dire, toutefois, c'est que le charme à la fois montagnard et maritime de ce Saint-Gédéon-de-Maskinongé me va droit au cœur. Et mon foie se porte également assez bien merci. Quel joli patelin perdu en bordure de ce fleuve immense qui dévore le paysage. Je zigzague entre des nids de poule sur une petite route qui sillonne au sommet d'une falaise, et qui dégringole maintenant à toute allure vers le centre du village. Houppe l'ail…, l'ail, l'ail. Arrivé à l'intersection suivante, je tourne à droite, en direction du fleuve, et je gare mon bolide près du quai. Je prends une immense respiration de cet air vivifiant du grand large, qui métamorphose complètement ma vision du monde, rien de moins. C'est parfois aussi efficace qu'un bon nettoyage de mes lunettes de soleil, après une folle balade sur une route de campagne.

Je prends de grandes respirations en marchant sur ce quai au risque d'avaler je ne sais trop quoi ou qui. Cet air est incroyablement pur et si bon, et j'y flaire déjà tout un tas de merveilles qui n'attendent qu'une étincelle de génie pour se manifester. C'est presque trop beau, c'est presque trop, je n'en reviens pas. Et je continue d'avancer vers ce magnifique voilier rouge amarré là-bas, au bout de ce débarcadère en béton qui me semble tout à coup si long, si prodigieusement long. Sont-ce mes sens qui me jouent encore des tours? Qu'est-ce que c'est que ça? J'aurais dû rouler jusqu'à ce foutu bateau au lieu de marcher. Et j'aperçois maintenant trois membres d'équipage de ce superbe voilier rouge, affairés sur leur embarcation qui s'éloigne déjà du quai.

Qu'est-ce qui se passe ici? Voilà que ma première prémonition du jour me joue des tours. Je me suis pourtant vu, pas plus tard que ce matin, sur un voilier identique, avec cette femme mystérieuse chargée de m'initier à mon nouveau rôle de futurologue de l'impossible ou de l'imprévisible. Il m'a semblé alors que je tenais le futur par les couilles, mais c'est plutôt le contraire pour le moment. Je cours comme un sprinter pour tenter de conjurer le sort. J'arrive finalement au bout du quai hors d'haleine, tandis que ce mystérieux voilier s'éloigne de plus en plus sur le fleuve Saint-Laurent.

Il n'y a rien à faire, j'ai raté le bateau. Dommage. Joli voilier et jolie fille à la barre, j'en suis presque persuadé malgré la distance. Très dommage. Je pourrais peut-être emprunter une motomarine pour rejoindre ma prémonition du jour. Je jette un regard aux environs, il y a quelques petites embarcations légères amarrées aux quais d'appoint qui prolongent ce débarcadère. Je fais de grands signes aux gens de ce foutu voilier, mais ils semblent tous occupés à quelque chose d'autrement plus amusant. Je descends prestement sur les quais d'appoint lattés. C'est vraiment une journée exceptionnelle. La canicule devient presque agréable près de ce fleuve immense qui captive le regard. Je me laisse happer par cette fenêtre sur l'infini, par ce vent du large qui m'entraîne ailleurs. Ce fleuve est le calmant béni que je cherche depuis si longtemps. Je pense que je vais m'établir ici pour le reste de mes jours. Et regarder ce fleuve jusqu'à mon dernier souffle. Cet air du large me lave le cerveau. Je n'ai plus besoin de rien d'autre que la vue de ce fleuve pour me garder en vie. Sans oublier quelques rondelles de cobra mariné au déjeuner.

Je continue de déambuler dans ce labyrinthe de petits quais en bois tout en humant très sérieusement cet air venu de si loin. Je tourne soudain la tête pour jeter un regard derrière moi et mon cœur implose dans ma poitrine. J'étais persuadé d'être complètement seul sur ces quais. Et me voici face à face avec une grande fille divinement élancée, à la peau diaphane, vêtue d'un chemisier rouge quasi hypnotique et d'une jupette noire. Quelle surprise quand même.

– Émile, Émile, Émile… tiens, tiens, comme on se retrouve, mon très cher ami.

Une volée de goélands fous tourne soudain autour de nous en raillant à qui mieux mieux avant de s'enfuir aussi rapidement qu'ils étaient apparus. Ma belle du jour semble décontenancée un instant par ces cris plutôt agressifs tandis que j'en profite pour observer son beau visage et son look de mannequin. Non, mais quelle allure! Un très joli visage triangulaire à la peau blanche d'une pureté exquise. De courtes mèches de cheveux sombres qui défient la gravité. Et ces deux pierres précieuses qui me dévisagent et m'égratignent déjà le cœur. Je m'avance vers cette apparition suave pour lui présenter mes hommages, sans pouvoir mettre le doigt sur son prénom, comme d'habitude.

– J'espère que tu te souviens de moi, Émile.

– Comment pourrais-je t'oublier? répondis-je en sollicitant vainement ma mémoire morte.

– Comment pourrais-tu, en effet, dit-elle avant de plaquer son corps sur le mien comme s'il lui appartenait.

Nous restons là un moment à nous analyser le fond de l'œil tandis que je tente vainement de raviver son souvenir. Cette grande femme reptilienne pose ensuite ses lèvres sur les miennes, qui ne demandent pas mieux, je crois bien. Sa saveur personnelle, quoique suprêmement agréable, ne me rappelle rien de particulier, sinon une autre baise parmi tant d'autres, dans une de mes nombreuses vies antérieures ou même avant. À l'époque où je grimpais aux arbres, habillé d'un manteau de poils naturels de singe ou d'orang-outang? Ou peut-être un peu plus tard au fil de mon évolution? Laquelle exactement? La réincarnation en série a aussi ses inconvénients. Il m'est de plus en plus difficile de ternir le compte exact de toutes mes existences après cette enfilade de siècles. Et ça ne fait que commencer comme je dis parfois. Surtout après un baiser aussi, aussi… comment dire, aussi abyssal?

Nous revenons finalement à la surface des choses et de nous-mêmes comme des plongeurs éjectés d'un abime sublime. Quelques applaudissements fusent ici et là autour de nous pour souligner notre exploit. Moi qui me pensais seul ici, enfin seul avec cette merveille, je m'aperçois maintenant qu'il y a au moins une demi-douzaine de marins d'eau douce dans ces petites embarcations qui tanguent joyeusement sur les vagues. Et ils sont maintenant tous là, à nous examiner comme si nous venions de débarquer d'une autre planète.

— Encore, encore, encore, se mettent-ils à scander en chœur.

Ma belle du jour leur répond avec deux doigts d'honneur bien en évidence de chaque côté de sa tête. Cette mimique tordue met en valeur une facette de ma bête du jour qui me fait dresser quelques poils à des endroits inattendus. Puis, on entend un grand aaaah… de déception qui prend rapidement de l'ampleur chez notre public en délire. Nous remontons alors sur le quai principal pour nous éloigner de ces marins un peu trop entreprenants.

— Alors, c'est toi notre nouveau futurologue de l'impossible? me demande cette fille qui me rappelle quelqu'un.

— Le qui du quoi? fis-je, vivement interloqué.

— Tu as très bien compris, Émile.

— Depuis ce matin, le futur m'apparait, mais ne se réalise pas.

— Ça viendra, ne t'en fais pas. Tu es bien venu ici… comme téléguidé, n'est-ce pas?

— Ouais. Mais je devais embarquer sur ce voilier rouge selon ma prémonition matinale.

— Et qui t'a dit que tu ne le prendras pas?

— Mais il est parti.

— Il reviendra, ajoute-t-elle comme si ça allait de soi.

— Ah oui?

— D'ici là, tu viens avec moi.

— Où ça?

Ma beauté reptilienne albinos sourit et me montre un trousseau de clés qu'elle tient du bout de ses ongles étincelants. Mais qu'est-ce que c'est ça? Mon propre porte-clés qu'elle m'a subtilisé pendant nos ébats ou quoi? Elle se met à courir en direction de ma Sporsche en agitant les clés pour m'agacer. Et elle court terriblement vite, ou alors je vieillis prématurément, car je suis incapable de suivre son rythme. Je cesse donc de courir et je la regarde me devancer en direction de mon bolide garé au bout du quai.

Elle se glisse dans le siège du chauffeur. Elle démarre et elle roule en s'éloignant rapidement de moi. Puis elle tourne presque sur place, le pied dans le tapis, dans un crissement aigu, et elle revient me cueillir en poussant des cris furieux. Et nous voilà partis pour une autre destination mystère comme si tous les diables de l'enfer tentaient de s'agripper au pare-chocs arrière de mon bolide.

– Mon surnom c'est Lucy Fair au cas où tu ne t'en souviendrais pas, lance-t-elle avant d'écraser à nouveau le champignon.

– Mollo mademoiselle Lucy, je pense que j'ai oublié mon permis, fis-je en désespoir de cause.

– Merveilleux concombre, ajoute-t-elle en ponctuant le tout d'un rire voluptueux.

Nous filons comme des voleurs survoltés sur cette petite route en lacets en bordure d'une falaise qui ne me suggère rien de bon. Dire que je pourrais être là-bas, sur ce voilier, en train de faire bronzer mon corps de rêve, au lieu de regarder défiler cette falaise et d'imaginer ma prochaine incarnation.

J'ai pensé un moment que c'était fini cette foutue initiation, mais il semble bien que non. Que faire d'autre que de continuer, me suis-je dit, en écoutant claquer ma dentition au rythme de notre fuite furieuse.

Cette fille semble pressée de retourner en enfer. Ou ailleurs? Peut-être ou peut-être pas? Qui sait? Qui sait ce qui nous attend ailleurs? Ou autrement? Ou pas du tout? Qui revivra, reverra. Ben quoi? Tout est toujours possible, non? Hi, hi, hi, ha, ha, sibole de verrat.

***

Chapitre 8
L'avenir du futur

Cette fille reptilienne déploie un talent fou avec un volant et quatre roues. Elle ne conduit pas, elle fait corps avec ma machine, elle devient cette bête féroce qui dompte la route chaque seconde sans aucun effort visible.

Nous glissons comme un rayon cosmique entre des atomes sur ce ruban d'asphalte qui ondule à flanc de montagne. Les courbes sinueuses se succèdent et cette pilote née les négocie jusqu'à la limite d'adhérence des pneus, qui s'en crissent un peu dans notre sillage en feu. Ô yé baby! Ô yé! Je ferme les yeux et j'imagine aisément que nous dégringolons subitement cette superbe falaise. Mon bolide s'enflamme et explose, et nous crevons carbonisés, démembrés ou empalés sur l'une de ces immenses épinettes noires qui nous font bye-bye en passant. Aïe, aïe, ouille! Il n'y a rien de mieux que d'imaginer le pire pour donner vie au meilleur à venir. Cette petite balade promet énormément, il me semble. Et quoi encore, plus précisément? Je ne saurais dire pour le moment, mais mes prémonitions inutiles reviendront sans doute se manifester incessamment ou autrement. Chez chat qui est chat, ma gang de cobras.

– Tu aimes ma façon de conduire, Émile?

– C'est une véritable torture, mais on s'habitue.

– Excellent, souffle la jolie reptilienne.

Je ne sais pas comment elle fait et j'aime autant ne pas le savoir. J'ai toujours cru posséder un certain talent pour aiguillonner ces foutues mécaniques, mais le génie du pilotage, c'est autre chose. Il me manque sans doute cet instinct suicidaire auquel elle s'abandonne si naturellement. Sa propre vie actuelle ne semble pas compter beaucoup à ses yeux. Je n'irais pas jusqu'à dire que j'accorde une importance démesurée à la mienne, mais si on pouvait au moins survivre jusqu'à la prochaine collation de rondelles de cobra, ce serait déjà autant de pris en ce jour hasardeux.

– Qu'attends-tu de la vie, Émile?

– Une autre journée complète, ce serait déjà pas mal.

– Hi, hi, hi. Tu es merveilleux!

Elle ralentit légèrement, puis encore davantage, et nous nous retrouvons à circuler presque normalement sur cette route quasi déserte. J'ai soudain l'impression que nous n'avançons plus après notre folle virée de tout à l'heure.

– T'as combien de vies au compteur, Émile?

– J'ai perdu le fil, je crois. Et toi?

– Dans ma dernière incarnation, j'étais pilote de course.

– Ouais, j'ai cru remarquer.

– J'ai crashé et j'ai carbonisée. Et me revoici.

– Ça ne parait pas.

– Tu aimes mon look, Émile?

Je lui réponds en détaillant son superbe profil un long moment. Elle m'observe à la dérobée tout en gardant un œil sur la route. Puis je laisse errer mon regard sur son corps. J'examine ses plus belles courbes et j'ai presque envie de palper un peu ici et là, pendant qu'elle pilote mon bolide, mais je préfère laisser planer un léger flou artistique sur mes instincts. Je suis passablement stylé et subtil quand je veux. Je suis une sorte de Python Lagaffe de l'érotisme, rien de moins. Mais un tout petit peu plus raffiné quand même, un tout petit peu. N'ai-je pas écrit ce fameux succès planétaire intitulé « Séduisez et devenez milliardaire » dans ma jeunesse déglinguée? Hein? Hein? À la réflexion, je dirais que non, non, je ne crois pas. Mais j'aurais pu écrire ce livre fabuleux. Oui, j'aurais pu. Je crois bien que j'aurais pu. J'avais tous les mots. Peut-être pas dans le bon ordre, mais il suffit de brasser le tout un certain temps et de laisser vieillir. Comme les rondelles de cobra marinées, en fin de compte.

– Je crois bien que tu l'aimes un peu, fait ma pilote d'une voix moqueuse.

Je n'ajoute rien à cette évidence ravissante, sauf quelques hum, hum particulièrement éloquents. Et nous continuons de fendre le vent sur cette route perdue entre deux forêts majestueuses. Le paysage est magnifique et les mots superflus. Quant à la terra incognita qui conduit mon truc, je m'y perds déjà en pensées enivrantes. Cette fille est une bombe, dans tous les sens du terme, j'en suis intimement persuadé. Et je sens qu'elle pourrait exploser dans les minutes à venir ou même avant.

– Et où allons-nous comme ça, mademoiselle Lucy?

– Où, où, où, répond-elle avant de roucouler encore.

Je peux me contenter d'une si jolie réponse encore un petit bout de temps. Il n'y a pas de problème. Je sens frémir quelque chose de très mystérieux sous l'enveloppe palpitante de cette reptilienne albinos. Cette jolie démone me réserve des tas de surprises, j'en suis persuadé. On verra bien ce qu'on verra, ma gang de cobras. Pour autant qu'elle réussisse à maîtriser ses instincts suicidaires au volant, ça devrait bien aller. Mais voici justement que son pied droit retrouve tout à coup le goût de palper le danger.

Et nous voilà repartis pour un nouveau tour de manège sur cette route imprévisible. Elle rit follement pendant que je sens mon dos épouser intimement les courbes de mon siège. Elle jouit de joie au volant de mon jouet à quatre roues. Nous grimpons une nouvelle côte abrupte avec l'impression de flotter légèrement au-dessus de la route, laquelle tourne tout à coup en épingle avant de redescendre comme un rocher en chute libre. Je cherche mon cœur dans mes talons et mon cervelet dans ma poche arrière. Ça brasse ou ça casse, c'est ça qui est ça. Où est-ce qu'on s'en va par là? Ma mécanique gémit, hurle et gronde. Ma pilote semble ravie et elle rit comme une desperado qui vient de découvrir un nouveau jeu encore plus dangereux que le précédent.

J'en suis presque rendu à me demander si je ne devrais pas fermer les yeux, ou mettre mon cerveau hors tension, lorsqu'une sirène de police se met à ululer de plaisir non loin derrière. Ma merveilleuse pilote crache quelques imprécations dans une langue inconnue. Puis elle décélère et immobilise ma panthère rouge en bordure de la route.

– Regarde bien, Émile. Comment gérer l'imprévisible.

En moins de temps qu'il n'en faut pour le dire, une voiture de police se gare tout près du pare-chocs arrière et un agent apparait dans le rétroviseur. Ma jolie conductrice semble avoir un plan diabolique en tête. Elle prend son téléphone et elle sort du véhicule.

– Vous savez pourquoi je vous arrête? demande le policier d'un ton monocorde.

– Je ne saurais dire, répond la belle avant d'écarter les pans de son chemisier rouge.

– Qu'est-ce que vous faites là? dit le policier.

– Il fait si chaud. Vous ne trouvez pas? réplique-t-elle en poursuivant son effeuillage.

– Rhabillez-vous tout de suite, madame. sinon.

– Sinon, quoi, vous allez tirer peut-être?

La belle effeuilleuse a déjà fait disparaître son chemisier rouge et elle semble très fière d'exposer sa superbe poitrine. Elle me lance son téléphone en disant : « Une petite séance de photos, monsieur le policier? » Elle enchaîne rapidement avec la phase deux de son spectacle personnel : la disparition de sa minuscule jupette noire et la mise en valeur de son mini cache-sexe rose réduit à sa plus simple expression. L'effet est plutôt saisissant et le policier en perd rapidement ses moyens. Ce corps est une arme redoutable pour la psyché de tout mâle hétéro. Une bombe capable de faire bander les plus endurcis, et tous les autres qui le deviendront inévitablement. Non satisfaite d'avoir immobilisé de stupeur son spectateur involontaire, elle s'apprête à jouer de ses fibres les plus intimes pour le faire mariner dans son jus.

– Et quand j'ai chaud comme ça, monsieur le policier, j'ai le goût de caresser mon sexe. Vous aimeriez goûter à ma chatte, monsieur le policier? Et une petite photo avec ça?

Quelques voitures passent près de nous sur la route. Les conducteurs klaxonnent, sans doute pour monter leur appréciation de ce fantasme sur pattes en pleine action. Ma pilote s'approche rapidement du policier, elle se jette littéralement sur lui et elle lui plaque ses seins en pleine figure. Le pauvre est dans tous ses états et il lâche quelques jurons bien juteux. Puis il décide finalement de regagner sa voiture banalisée pour quitter les lieux en faisant crisser ses pneus sur la chaussée.

Ma merveilleuse conductrice revient s'asseoir dans mon bolide en riant encore plus fort que tout à l'heure. Elle est complètement ailleurs. Elle renfile son chemisier rouge, mais sans le boutonner. Et elle reprend la route en sifflotant un air étrange.

– Qu'en penses-tu, Émile?

– Félicitations, je n'en attendais pas tant.

– Tu n'as encore rien vu.

– Mais j'ai bien vu ce que j'ai vu, ajouté-je en examinant son profil plus que parfait.

– Combien? demande-t-elle.

– Le maximum, rien de moins.

Le mot maximum semble avoir un effet direct sur sa libido et elle plaque de nouveau son pied droit sur l'accélérateur. Mon bolide rugit encore une fois de joie féroce, mais elle ralentit bientôt vers une allure presque normale. Elle poursuit sa route en conduisant d'une main. Les doigts de son autre main agrippent bientôt un de ses mamelons. Elle le caresse et le triture doucement tout en poussant de petits cris jouissifs et plutôt comiques.

– Pauvre petit bonhomme. Dire que j'aurais pu le tuer d'une crise cardiaque.

Elle continue de rouler à vitesse raisonnable. Il semble que son nouveau jouet érectile l'accapare davantage que l'envie de s'épouvanter elle-même dans les courbes de cette route imprévisible.

– Il aurait pu t'embarquer pour exhibitionnisme.

– Il a perdu la face, et il ne pouvait plus rien faire, réplique-t-elle.

– Il a surement pris mon numéro de plaque.

– Il doit être occupé à changer de pantalon. C'est un éjaculateur précoce. Je l'ai vu venir.

Elle rit encore de plus belle sans toutefois lâcher le bout de son sein qui devient terriblement mignon sous ses caresses prolongées. Elle pousse ensuite un soupir très profond et elle écarte les cuisses. Je jurerais qu'un peu de vapeur s'échappe de son joli triangle. Elle lâche son sein et glisse un doigt sous le cordon de son cache-sexe humide pour le retirer rapidement. Et elle le fait bientôt tourner autour de son index raidi, comme un jouet devenu inutile, avant de me le lancer à la figure.

– Ah, quelle chaleur, quelle chaleur, ajoute-t-elle en soupirant beaucoup trop voluptueusement.

Cette fille possède un corps absolument incroyable. On dirait le prototype vivant de la femme parfaite, plus une touche de folie pure. Avec un petit je-ne-sais-quoi capable de réveiller des morts et de les replonger dans une frénésie sexuelle vers l'au-delà? Rien que ça? Quelle horreur? Au même titre qu'une baise entre un python et un tigre, par exemple. Ou une mygale et un scorpion? Ou une partouze dans un chalet avec une demi-douzaine de filles presque semblables et votre humble serviteur? Ou la boula. Je sens que mon imagination reprend de l'altitude en compagnie de cette bombe albinos qui se caresse les seins en pilotant au max. Et si cette nouvelle prémonition à géométrie variable se réalisait bientôt? Serait-ce là le signal que je suis enfin devenu ce futurologue de l'imprévisible? Ou que je suis en train de m'approprier ce rôle dément que je jouerai un jour auprès du Cirque de l'espace-temps? Que le grand cirque me croque, comme dirait l'autre.

– Et toi, Émile, qu'en penses-tu de mon corps, me glisse tout à coup ma superbe pilote.

– Ce n'est pas le genre de corps qui me porte à penser.

– Et il te porte à quoi alors?

– À une dégustation prolongée, peut-être?

– Hum, hum, je sens qu'on va jouer bientôt à quelque chose.

– Et si on commençait tout de suite?

– Caresse-moi Émile.

– Qu'est-ce qui te plairait?

– Quelques-uns de tes doigts dans ma chatte, pendant que je conduis. Qu'en penses-tu?

– Je ne suis pas là pour penser, ma jolie.

– Tu l'as dit.

J'aime les femmes qui savent ce qu'elles veulent. Et celles qui veulent ce que j'aime, c'est encore mieux. Mais j'aime tout un tas de choses, alors sautons donc dans l'arène, me suis-je dit malicieusement, mais pas trop quand même. Ma beauté du jour ouvre encore davantage ses belles cuisses pour accueillir ma main baladeuse sur son terrain le plus intime. Je m'attarde à parcourir ses grandes lèvres qui s'ouvrent déjà sur des promesses d'une volupté indicible. Mon index et mon majeur se faufilent bientôt jusqu'à ses petites lèvres humides tout en enserrant son clitoris qui frétillera bientôt de bonheur. Ça, c'est de la prémonition. Chat, chat, chat. Chez chat qui est chat ma minette.

– Aaaa, aaa… Émile, Émile, Émile, roucoule-t-elle à mon oreille.

Sa vulve est juste assez humide pour se laisser apprivoiser comme il se doit. Et si c'était son point G qui se profile maintenant ici-bas entre mes doigts? Je crois que je peux procéder ici à un petit jeu de joie avec de cette merveille charnue qui se déploie comme une fleur avide de rosée.

– Aaaaa, aaaaa, aaaaaa……, encore, encore, encore….

Il semble bien que j'aie touché là la clé de quelque chose de plutôt exquis. L'entrée d'une caverne remplie de trésors. La porte des étoiles et d'autres univers encore plus rares et précieux. Je ne peux m'empêcher de glisser mon autre main sous ses

90

mignonnes petites fesses qui s'agitent joyeusement sur le siège de mon bolide en furie. Je ne sais si c'est le danger de la conduite automobile ou ce corps de rêve qui me fait le plus d'effet, mais je me laisse emporter par un souffle venu de très loin, une émanation d'effluves du paradis terrestre, rien de moins. Je crois bien que j'y étais à une certaine époque. Du moins, je m'en souviens très bien parfois, surtout dans des moments comme celui-ci.

– Fais-moi jouir, Émile. Dévore-moi d'amour.... Aaaaaaa....

Qu'est-ce que je ne ferais pas pour satisfaire une femme aussi bouillante de vie? Je suis probablement prêt à tout, et même davantage, ce qui n'est pas peu dire dans mon cas. Je la sens qui se cabre très avantageusement lorsque je titille la vallée de ses fesses qui frétille. Tous ces petits jeux sont divins, mais ils commencent à me faire dresser le poil des oreilles, car je devine qu'elle perd le contrôle d'un certain nombre de choses. Je le soupçonne, assez intensément, irais-je jusqu'à dire. Et nous roulons à très bonne vitesse sur cette route plutôt excentrique. Je décide donc de ralentir mes explorations avant que nous nous retrouvions dans le décor à bouffer des pétales de marguerites.

– Et si nous cherchions un sous-bois discret, ma merveille adorée? lui chuchoté-je à l'oreille.

– Et si nous trouvions un petit paradis comme celui-ci? répond-elle.

J'ai à peine le temps de m'agripper à mon siège qu'elle freine à mort pour emprunter une entrée charretière sur la droite. Une entrée en gravier, probablement sculptée à la dynamite, dans cette masse rocheuse impressionnante, qui grimpe vers l'inconnu. Nous montons, virons à quatre-vingt-dix degrés et gravissons une nouvelle pente encadrée d'arbres gigantesques. Puis, cette entrée, digne d'un rallye sur une autre planète, redescend vers les profondeurs de cette petite montagne surgie en bordure du fleuve. Nous arrivons finalement près d'un château de milliardaire. Il n'y a aucune voiture nulle part, ni personne en vue. Comment se fait-il qu'il n'y ait pas au moins une demi-douzaine de pit-bulls pour japper de plaisir autour d'une folie architecturale semblable?

– Belle petite place, dit simplement ma conductrice en garant mon bolide.

Nous descendons avec l'idée de visiter ce petit château, qui donne l'impression de s'ennuyer dans sa forêt grandiose. Non, mais, quelle chose incroyable! Est-ce un hôtel, un casino ou une entrée secrète vers une autre planète? Ma jolie pilote albinos à peine vêtue de sa blouse rouge court vers la gigantesque piscine de forme exotique qui rehausse énormément le paysage. Elle y plonge sans hésitation et réapparait un peu plus loin dans cette étendue bleutée.

– Viens Émile, viens me caresser encore, murmure-t-elle de sa jolie voix.

Comment résister à une telle invitation? J'enlève mes fringues et je m'élance pour la rejoindre, et nous voilà bientôt en position plus qu'agréable dans cette eau azurée. Nous jouons un bon moment à nous aguicher de toutes les manières possibles. Je la couvre de baisers ardents sur toutes ses jolies lèvres. Elle me mordille le cou, les fesses et la queue de ses dents éblouissantes. Elle me saisit les couilles, me malaxe et me viole comme une tigresse. Je la pénètre par quelques orifices de choix jusqu'à ce qu'elle crie de joie dans l'écho assourdi des lieux. Nous finissons étendus l'un sur l'autre au bord de la piscine comme des explorateurs ivres d'extase. Et nous prolongeons notre dernière prouesse jusqu'à l'explosion finale, qui nous laisse quasi décervelés de jouissance folle en pleine nature. Hum. Ça sent la terre, le bois, l'animal, et non des moindres.

Je reste là un long moment étendu sur le dos à regarder le ciel, la forêt et ce château ultramoderne logé dans cette verdure luxuriante. Je me lève ensuite et je lui tends la main pour l'aider à se relever. Nous nous échouons bientôt dans les premières chaises longues que nous rencontrons sur notre parcours titubant. Une question complètement folle me vient à l'esprit. Je ferais sans doute mieux de m'allumer un cigare ou de lancer une connerie ordinaire, comme je sais si bien le faire les trois quarts du temps, mais je plonge plutôt dans le vif du sujet tel un concombre récemment épluché.

– C'est quoi ton nom?

Elle me regarde de ses grands yeux de bête rassasiée et elle sourit. Puis elle rigole, elle se lève et elle passe ensuite ses doigts écartés dans sa chevelure noire toute mouillée en s'approchant de moi. Elle est tout simplement superbe, nue et dégoulinante dans ce paysage envoûtant.

– Je suis toutes les femmes qui tu as baisées ces derniers jours, dit-elle comme si de rien n'était.

Je n'ai jamais vu un corps de femme aussi sublime. Je la regarde bouger si merveilleusement tout près de moi comme une danseuse étoile parfaitement consciente de chacun de ses muscles. Elle pivote sur elle-même pour m'exhiber le moindre centimètre de sa peau, pour m'aguicher encore avec son allure féline et sa gestuelle d'une précision exquise. Elle s'arrête devant moi, en se tenant sur le bout des orteils, les cuisses suffisamment rapprochées pour me dessiner la partie la plus exquise de son anatomie : son entrejambe en forme de cœur, au sommet duquel se déploient ses lèvres humides et son clitoris exubérant.

Je suis parfaitement conscient de la folie totale qu'elle me raconte là. Mais il me semble bien que ce soit vrai malgré tout. Plus je la regarde et plus je crois revoir chacune de ces femmes mystérieuses ou complètement folles que j'ai rencontrées au cours des derniers jours.

Il y a eu d'abord Ève Adam, cette chatte fragile et gracile, qui a imprimé la marque de ses lèvres sur ma chemise avant que nous baisions la canicule sur cette terrasse face au fleuve. Ensuite les trois Aimée, la rousse, la blonde et la noire, et Aimée Desanges, leur apparition de super femme en quête de nouveaux univers. Puis Aïssa Autant, cette danseuse rousse vêtue de mini nuages noirs si vaporeux. Et Gina Bigras, la géante aux cheveux drus en rouge, bleu et noir. Puis encore la Fille de la faille vers l'au-delà avec qui j'ai dansé sur le toit de ce gratte-ciel et qui m'a dit que j'avais l'étoffe d'un magicien. Et enfin cette fille qui se surnomme elle-même Lucy Fair et avec laquelle je viens d'explorer quelques vestibules du paradis.

Et je vois bientôt le corps de chacune de ces femmes exceptionnelles s'échapper l'un après l'autre du corps nu et dégoulinant de Lucy Fair. Comme une série de dédoublements corporels, d'abord vaguement fantomatiques et irréels, mais qui donnent vie rapidement à cette bande de femmes sublimes. L'enveloppe divine de cette Lucy Fair libère le corps de chacune de ces femmes merveilleuses rencontrées précédemment, lesquelles s'animent devant moi l'une après l'autre, comme autant d'apparitions devenues vivantes. Et toutes ces beautés émerveillées sont maintenant tout à fait présentes dans leur chair exquise et elles passent devant moi : Ève Adam, Aimée Toujours, Aimée D'Amours, Aimée Encore et Aimée Desanges, Aïssa Autant, Gina Bigras et la Fille de la faille vers l'au-delà. Elles défilent ensuite autour de la piscine comme des mannequins dans toute leur évanescence sublime. Puis elles laissent tomber leurs vêtements un à un, ici et là, dans le grand art de l'effeuillage, au sein de cette forêt grandiose, surréelle. Elles sont toutes plus belles les unes que les autres et de plus en plus nues comme au paradis de mes rêves les plus fous, ou, ou.

Dans le sillage de ce défilé impossible, elles viennent ensuite se masser en cercle autour de moi et elles se mettent bientôt à rire comme des folles. Un fou rire interminable s'empare de chacune de ces merveilles complètement nues, un fou rire contagieux qui me tue lentement, mais si agréablement.

Je ne sais plus qui je suis. Je ne sais plus où je suis. Je ne sais plus rien de ce que je n'ai jamais su de toute façon. Ces rires démultipliés me passent la cervelle au hachoir. Et le temps et l'espace se mettent à giguer dans ma tête, dans cet environnement délirant, comme je ne les en aurais jamais cru capables. C'est bien pour dire où cette drôle de vie peut vous mener parfois.

Et que dire de toutes mes autres vies que je sens déjà s'exciter dans les circonvolutions de l'infini? Pas de panique mon mi-Mile, me suis-je dit, l'air de rien. Ça fait déjà beaucoup de merveilleux pour aujourd'hui, ne trouves-tu pas mon cher concombre?

– Tu es un magicien, Émile. Tes vœux les plus fous se réalisent malgré toi, dit cette Lucy Fair avant de pointer gracieusement son index vers moi.

Je crois bien qu'une minuscule étoile brille maintenant au bout de son doigt. Une étoile bleue, à l'image de toutes celles que nous visiterons bientôt, j'imagine. Si ma nouvelle vie de magicien de l'improbable se poursuit encore un peu.

Cette petite étoile bleue grandit rapidement. Sa lumière éblouissante envahit mon champ de vision. Elle m'aveugle et submerge rapidement la moindre parcelle de mon univers, qui s'évanouit en même temps que moi, je crois bien.

Et si j'étais maintenant devenu ce magicien fou, que je sens parfois s'agiter au plus profond de mes petits moi, sans même le savoir? Ouaouaron.

***

Chapitre 9
Le futur de l'avenir

Ce superbe voilier rouge, qui vogue sur le fleuve Saint-Laurent, est une ode à la féminité et à la nudité. Et elles, ce sont toutes ces femmes exceptionnelles auxquelles Lucy Fair a prêté vie dans notre petit univers si particulier, près de la piscine de ce château, cette porte d'entrée vers les étoiles. Toutes ces femmes sublimes qui ont croisé ma route ces derniers temps, plus un certain nombre d'autres merveilles suaves, passionnées de nudisme et de bien d'autres plaisirs. Mais pas autant que moi, non je ne crois pas.

L'épiderme humain n'est-il pas le paysage le plus merveilleux? Et ma propre peau d'animal supérieur n'a-t-elle pas caressé tant et plus de mondes, d'univers, de galaxies? Je déraille un peu, mais seulement pour le plaisir. Comme d'habitude, comme d'habitude, et pas plus qu'il n'en faut. Comme ci, comme ça, disons donc. Ne sommes-nous pas tous des galaxies, chacun à notre façon? Des cosmos sur pattes, et parfois même sur quatre pattes à certaines heures moins glorieuses. Et tant d'autres merveilles qui n'attendent qu'une occasion propice pour se manifester? Sur ce joli voilier rouge ou ailleurs. Et l'ailleurs demeure relativement vaste dans cet univers incommensurable, sinon infini. Et après l'infini, est-ce qu'il y a encore de l'infini? Si oui, jusqu'à quand, où et comment, j'aimerais bien qu'on nous le dise un jour. C'est un peu énervant à la fin ces approximations folles sur l'univers. Ça manque de sérieux, c'est le moins qu'on puisse dire. Allez hop! la science, au travail que diable! On veut des réponses avant la fin du monde. Et merci pour votre beau programme.

En ce moment précis, je suis probablement devenu le capitaine de ce voilier rouge que nous avons rejoint subtilement sur le quai de ce château perdu en forêt. Je suis peut-être même une partie de ce vaisseau. Je pourrais sans doute devenir ce fleuve Saint-Laurent et ses vagues impressionnantes. Et pourquoi pas ces baleines qui nous escortent de temps en temps et qui nous arrosent de leurs jets d'eau salée? Nous avons un petit air de parenté, il me semble. Et je sens, et je sens, et je sens… Ah! que je sens que je pourrais disparaitre dans ce ciel bleu, où nous naviguons aussi, par un phénomène étrange d'inversion de l'espace et de nos sens dans ce temps suspendu. Enfin, quelque chose comme ça. De temps à autre, j'allonge mon dos sur le pont de ce voilier et me voilà parti à voguer vers l'infini. Je deviens multiple. Je me multiplie en me divisant. Je deviens ce que je deviens et c'est tout ce que je deviens. Je suis le futurologue de l'imprévisible et le magicien de l'improbable. Je fais corps avec la vie. Je fais corps avec mes cors aux pieds. Enfin, si on veut. Mais est-ce vraiment nécessaire? Je fais corps avec la vie et elle me le rend bien. Bon, c'est déjà un peu mieux, n'est-ce pas? Est-ce un rêve, une fiction ou la réalité? Un mélange de tout ceci plus un peu de cela? Ah, ha, ha. Hi, hi, ho. Ou, ou, ou.

Je ne sais plus rien et je ne veux plus rien savoir. Ni de moi, ni de personne. Il n'y a que mon sublime équipage de folles alliées, nues et débauchées qui compte encore à mes yeux. Tout est permis sur ce voilier de l'esprit en cavale dans l'espace-temps. Et seul le temps est aussi merveilleux que mes jolies navigatrices inspirées. Le temps est notre allié le plus sûr sur ce voilier fou. Le temps, l'espace et l'espace-temps. Et tous ces autres bijoux précieux de la création dans leur plus belle enveloppe de chair frémissante.

Tout ce que je sais pour le moment, c'est que je suis assis sur un de ces fauteuils qui vous catapultent l'esprit au ciel. Un fauteuil quasi volant, comme suspendu dans l'air, à quelques centimètres à peine du pont supérieur de ce voilier du prochain siècle. Vêtu uniquement de ma casquette de capitaine, pour tout signe distinctif, je scrute le large et les vagues. J'admire les poissons et les êtres aquatiques les plus étranges qui viennent s'amuser en surface, et je laisse le vent vider ma mémoire de tout l'inutile accumulé malgré moi. Ici, il suffit d'être. Ici, il suffit surtout d'être ici. Et ici, c'est bien ici que je suis, si je ne m'abuse. Ici, c'est ça qui est ça. Chez chat qui est chat. Ha, ha, hi, ha.

Le reste des conneries du monde civilisé est passé par-dessus bord voilà déjà un bon petit moment.

Être et se laisser être. Que vouloir de plus? Respirer cet air incomparable. Se perdre dans la beauté de la création. Jouir et laisser jouir. Jouer à des jeux de joie dans la jubilation d'un avenir heureux. Ah! le futur de l'avenir. Et que dire de l'avenir du futur? Et si je le passais à admirer le corps sculptural de cette Tina ou Mina qui vient vers moi avec un sourire extatique suspendu aux lèvres.

– Émile, Émile, monsieur le vicomte du Milliard, quelle joie de vous revoir.

– Toute la joie du monde est pour moi, ma jolie princesse, fis-je étourdiment.

– Et toute votre joie est la mienne aussi, mon vicomte adoré, renchérit-elle follement.

– Qui, que, quoi, donc, où, comment, pourquoi? ajouté-je inutilement, simplement pour voir encore son sourire illuminer son visage.

– Ah... ha.... et ah..., jubile-t-elle en s'approchant un peu plus de mon corps sublime.

– Où sommes-nous exactement? dis-je inopinément.

– Où êtes-vous vous-même, mon cher vicomte, là est toute la question et même la réponse, devise-t-elle d'un air désinvolte.

Je ne sais qu'ajouter à ces divagations subtiles et je me contente d'admirer son enveloppe si exquise dans sa nudité la plus pure. La parole semble superflue devant tant de beauté concentrée si près de mes yeux. Je me vautre dans mon fabuleux fauteuil de capitaine et je jouis du spectacle de cette fille si merveilleusement nue dans toute sa splendeur de bête humaine. Et elle semble ravie de se laisser admirer ainsi. Elle prend diverses poses comme si mes yeux s'affairaient à l'immortaliser. Elle laisse courir ses ongles sur sa peau bronzée pour y faire naître un frisson léger qui se propage dans plusieurs directions. Elle palpe ses seins généreux et s'attarde joliment à ses mamelons qui se gonflent de bonheur.

– Que préfères-tu chez moi, Émile? glisse-t-elle malicieusement en me fixant de ses yeux moqueurs.

Ou la la. Quelle question. Et surtout quelle réponse fournir devant une telle profusion de chefs-d'œuvre de la nature. Je viens de me faire piéger comme un débutant. Quel que soit mon choix, je suis cuit, et même bien cuit. Il n'y a pas un seul centimètre carré de cette sculpture vivante que je ne rêve pas de dévorer doucement, si doucement, jusqu'à la fin des temps, et peut-être même un peu plus.

– Attends, je vais t'aider à choisir, ajoute-t-elle avec un sourire beaucoup trop ensorcelant.

Cette Tina, Mina ou Lila poursuit son massage de ses jolis mamelons qui deviennent de plus en plus irrésistibles. Elle les griffe un peu de ses ongles violets et elle vient ensuite les agiter follement à quelques centimètres de mes yeux. J'essaie d'en gober un avec mes lèvres en passant, mais elle l'éloigne aussitôt d'une torsion athlétique du torse. Elle rit follement et je ris aussi. Elle est tout simplement trop délicieuse.

– Alors, ce sont mes seins que tu préfères?

Je me contente de grogner comme un animal en attendant la suite du spectacle qui ne devrait pas tarder, je le sens. Je ne le sens que trop bien. De toutes les fibres de mon corps céleste et surtout dans mon excroissance à géométrie variable qui s'agite déjà au vent du large.

– Je crois bien que tu les aimes, mon petit Émile, n'en dis pas plus…

– Mais, je n'ai encore rien dit.

– Ton corps parle pour toi, Émile, ajoute-t-elle en baissant les yeux.

– Ah mon corps, mon corps, mon corps, je suis bien d'accord.

– Émile, tu rimes trop et tu bandes mou, lance-t-elle avant de m'agripper la queue.

– À toi de me redonner du fringant.

– Du fringant? Laisse-moi t'énergiser, mon ti-pet d'archiduc.

Ma belle tortionnaire du moment n'attendait que ça, je crois bien. Me sauter dessus avec un fouet ou un autre instrument capable de redynamiser ma libido momentanément débilitée. Pas de panique mon mi-Mile, me dis-je d'un air macabre de faux cadavre en résurrection provisoire. Mes abus d'excès des dernières années me rattrapent parfois aux moments les plus incongrus.

Je pensais voir apparaître un fouet dans sa jolie main, mais c'est plutôt avec son corps qu'elle va me tourmenter si je comprends bien. Ou quelque chose comme ci, comme ça. Elle s'approche de très près, incline mon fauteuil en position vachement sympa et dépose ensuite son corps sur le mien tout en mugissant doucement. Je sens ses jolies dents croquer mon oreille et ses seins dressés labourer agréablement ma poitrine. Puis sa langue sur mes lèvres, et ses lèvres si douces, si chaudes, si caressantes, si délicieuses qui s'éparpillent sur ma géographie frissonnante. Cette fille de la jungle qui se vautre sur mon corps est d'un goût exquis. J'ai très hâte de déguster la suite de cette friandise humide.

Pour ce qui est du moment le plus terriblement présent, toutefois, je joue plutôt le rôle du dégusté que celui du dégustant, comme dirait quelqu'un ou quelqu'un d'autre, au choix. Cette Tina, Lila ou Mina, faudra bien que je décode son vrai prénom un jour, aiguise son appétit vorace sur mon joli corps dressé qui ne demande pas mieux. Elle savoure le moindre atome de ma peau veloutée de sa bouche ventousée durant une éternité et demie. Tandis que le vent caresse les rares portions de mon épiderme qui n'ont pas encore goûté aux lèvres gourmandes et humides de ma sublime tortionnaire. Et que la chaleur de ce soleil sournois nous emporte vers d'autres galaxies de plaisirs infinis. Par Saint-Gédéon-de-Maskinongé du cobra de Témiscouata. Alléluia.

Je ferme les yeux et je pense à des milliers de bouches comme la sienne qui me dégusteraient jusqu'à la dernière goutte sur ce voilier rouge ivre d'amour. Des nuées de bouches exquises qui me savoureraient avant que je ne disparaisse à jamais de la surface de cette planète dans un nuage de vapeur cosmique. Ou j'imagine l'une des mille milliards de variantes impossibles à cette ode à l'ode, à cette ode à l'odalisque couchée dont j'usurpe allègrement l'identité, moi, l'homme du harem, dans ma folle aventure avec cette bouche si avide qui me croque le cric et tout un tas de quincailleries animales.

– Qu'est-ce que tu goûtes exactement, Émile? se demande ma ventouse humaine entre deux séances de lèche-gigolo.

– Je me goûte rarement. J'aurais trop peur de devenir accro à moi-même, répondis-je.

– Ah, ha, ha....

Bon, ça y est. Une fois de plus, je viens de ramasser le gros lot, la cagnotte, le trésor au fond des mers et tout le caviar. Je viens de provoquer un fou rire intempestif en plein milieu d'une séance d'aération des pulsions libidinales de haut vol. C'est en train de devenir ma spécialité. Enfin, une de mes folies douces de la galipette en goguette, il faut bien se dérider un peu la dentition de temps à autre. La dernière fois que j'ai été victime d'un fou rire pendant une baise, je me suis retrouvé dans une Québec tropicale, en 2055 ou quelque chose comme ça. J'ai fait un petit séjour dans cette jungle urbaine truffée de gratte-ciel interminables, assorti d'une virée en plein ciel avec la Troupe de l'espace-temps. Tandis que je me battais à mains nues contre cette fille, qui ressemble un peu à celle qui aspire actuellement le membre le plus membré de mon auguste personne, je me suis retrouvé sur le toit de cet édifice céleste. Et tout ça avait commencé par un fou rire. Mais je sens maintenant toutes ses jolies dents s'agiter férocement sur mon truc et je sors de sa caverne aux maléfices au plus sacrant. Si jamais elle décide de mordre à pleines dents dans la vie, je suis cuit. Cui cui le concombre givré.

– Doucement, mademoiselle, avec vos jolies dents. Et quel est votre petit nom déjà?

– Je peux être toutes les femmes que tu as baisées dans toutes tes existences précédentes, répond-elle avant de poursuivre sa dégustation.

Ô la la, la la. Qu'est-ce que c'est ça que ces nouvelles folies-là? Le poil me dresse sur tout le corps et même ailleurs. Et je vois maintenant cette femme multiple donner vie à une série d'autres femmes par une sorte de dédoublement charnel plutôt exquis sur le plan visuel, mais particulièrement époustouflant. Et ces femmes rencontrées au hasard de mes vies précédentes sont toutes plus affamées les unes que les autres de mon corps de rêve, semble-t-il. Je sens toutes ces bouches, ces lèvres, ces dents, ces mains et ces corps qui explorent les régions les plus reculées de mon anatomie survoltée. Je savais déjà beaucoup trop pertinemment qu'une frénésie semblable me tomberait dessus un jour. Et je soupèse chacun de mes mots au milligramme près. Quant à leur signification, c'est une tout autre histoire et je m'en fiche royalement. Car ce rêve délirant me poursuit depuis si longtemps. Et le sens des mots ne fait pas le poids devant la légèreté cosmique du rêve. Et que dire de mes fantasmes les plus bizarres qui sont de plus en plus enclins à se réaliser depuis quelque temps? Quand je pense à tous mes autres fantasmes encore plus déments que je nourris depuis des siècles, je me dis que ça risque de brasser très fort dans mon petit corps mort prochainement.

Je me laisse submerger par cette marée humaine, humide et d'une douceur exquise, enfin la plupart du temps. C'est trop, beaucoup trop pour un seul homme. Il faudra sans doute que je me dédouble à répétition un certain nombre de fois pour satisfaire à une telle frénésie. Curieusement, pendant que mon corps de guerrier du sexe rémunéré s'affaire dans cette prison de caresses ardentes, mon esprit se libère. Il flotte maintenant au-dessus de ce champ de bataille, et de pas mal d'autres choses aussi, tandis que des visions particulièrement révélatrices me saisissent les neurones, les atomes, les molécules et tout le bataclan génétique. Je serai un homme neuf, ou simplement refait à neuf, d'ici peu ou même avant. Et si ce n'était que la première étape de ma métamorphose en futurologue de l'impossible ou en magicien de l'improbable? Agagou gagou.

Je referme les yeux, c'est trop merveilleux. Je sens qu'on me transporte ailleurs. Elles vont peut-être me dépecer pour garder chacune un souvenir de mon corps exceptionnel. Ce corps qui m'a quand même bien servi jusqu'à présent. Ce corps qui semble vouloir se dissocier de mon esprit et vice versa. Ces caresses interminables, par toutes ces femmes que j'ai baisées dans mes existences antérieures, permettent enfin à mon esprit de prendre son envol vers quelque chose de neuf et de pimpant comme une première journée de printemps. Ou la boula.

J'en suis sans doute rendu à ce décollage vers les étoiles que j'attendais depuis si longtemps, sans même le savoir tout à fait, mais presque. Ce grand départ, cet essor vers le reste de l'univers, rien de moins. Ce voyage au centre de nulle part, cette errance aux confins de la déconfiture cosmique ou cosmétique. J'espère que j'ai au moins une brosse à dents propre quelque part.

J'ouvre soudain les yeux dans un état de choc pas trop chic. Certaines parties de mon corps sublimes ont comme le goût de se vomir elles-mêmes, mais ça ne va pas si pire à part de ça.

Je vois cette Lucy Fair penchée vers moi qui me secoue l'épaule, et j'aperçois, en fond de scène, ce curieux château niché dans cette forêt luxuriante. Je crois bien que je me suis endormi, une fois de plus, après des ébats épatants, et que j'ai rêvé une autre partie de ma vie au lieu de la vivre tout simplement. Ou bien alors, c'est ma cure d'intoxication aux rondelles de cobra mariné qui me fait disjoncter encore un peu plus qu'à l'habitude. Cure complètement réussie, ai-je besoin de le préciser. Ou bien un peu de tout ça, ou bien autre chose, et cætera, ma gang de rats en peaux de cobras.

— Émile, youhou, es-tu ici? fait cette Lucy Fair en me tapotant la joue.

Ma beauté du jour est toujours aussi merveilleuse et je me sens maintenant presque aussi formidable que ces érables immenses qui caressent ce ciel bleu criblé d'étoiles.

— Qu'est-ce qui se passe? C'est quoi toutes ces étoiles en plein jour? Où sommes-nous par les oreilles du cobra de Péribonka?

— Pas de panique, Émile, je t'explique. Mais avant, viens voir notre château.

Je me lève de ma chaise longue, hypnotisé par ces étoiles qui brillent en plein jour comme si c'était la nuit la plus noire de ma vie. Enfin une de mes vies récentes. Et je me contente de suivre docilement cette Lucy Fair qui se dirige d'un pas triomphant vers ce château dissimulé dans cette forêt fort luxuriante. Cet édifice hallucinant me semble encore plus énorme et étrange que tout à l'heure, lorsque nous sommes arrivés ici. C'était quand déjà? Avant ou après le déluge ou l'érection des pyramides d'Égypte?

Je sens que le temps, l'espace et l'espace-temps n'ont pas fini de nous en faire voir de toutes les couleurs, incluant le noir le plus sombre. Et tout ça ne sent pas nécessairement très bon. L'obscurité vient de tomber, comme ça, bang, le temps de dire ouf. J'espère qu'elle ne s'est pas trop amoché le portrait. Je reprendrais bien quelques rondelles de cobra mariné avant d'aller plus loin, ailleurs ou nulle part. Si la nuit se met à arriver comme ça, en pièces détachées, on n'a pas fini de nager dans l'impossible d'ici l'aube, me suis-je dit sans trop y croire, ni à quoi que ce soit d'autre.

— Viens Émile, tes nouvelles vies t'attendent, fait Lucy Fair en me montrant ce château dément.

Cet édifice extravagant se métamorphose à mesure que j'approche de sa porte d'entrée monumentale. Comme si le temps passait en accéléré, tout à coup. En lettres vachement lumineuses, les mots Porte des étoiles crépitent maintenant au-dessus de l'arche principale de la façade. Je crois bien que mes vies deviennent de plus en plus virtuelles. Et mes rêves alors? Et cette bonne vieille réalité? Et mes rondelles de cobra mariné?

— As-tu faim, Émile? demande ma belle du jour. Viens voir le menu.

— J'ai une faim de boa, ma gang de rats.

— Qu'est-ce que tu dis, Émile?

— Et mille milliards de boas, burp, pardon.

***

102

Chapitre 10
Vie de château

Hum, hum…

Je crois bien que je pourrais m'installer ici pour un bon petit moment. Jusqu'à la fin des temps ou jusqu'à l'extinction de cette canicule de tous les enfers qui s'aggrave de jour en jour, il me semble.

Cette chaleur infernale va finir par me faire frire la cervelle. Moi qui ai plutôt l'habitude d'une cuisson lente au four. Heureusement que ce palace semble climatisé tous azimuts. On sent une légère brise de fraicheur nous caresser la peau dans ce hall d'entrée colossal. Je constate une fois de plus que la géométrie de l'espace ne s'encombre pas tellement de la réalité dans ce château impossible. L'immensité de ce vestibule n'a rien à voir avec ce que l'on imagine vu de l'extérieur de cet édifice. Je pointe les yeux vers le haut et mon regard se perd dans la vastitude d'une coupole gigantesque dont je ne distingue pas grand-chose à vrai dire. On dirait qu'il y a un peu de brume ou peut-être même des nuages, là-bas, tout là-haut, si loin, au-dessus de nos têtes. Et notre présence donne l'impression de se répercuter à l'infini dans un écho lointain. Peu importe ce que ça peut bien vouloir dire. Comme une impression encore pire que tout ce que je pourrais imaginer jusqu'à la fin des temps sans trop me forcer. Mi-Mile fait son possible avec l'impossible.

Je me sens tout à coup terriblement minuscule dans cet environnement si grandiose. Et il n'y a personne aux environs, sauf ma jolie complice, bien sûr. Ce palace vaste comme je ne sais trop quoi semble complètement désert ou pire encore. Et j'aime autant ne pas trop penser à ce que ça peut vouloir dire.

– Où sommes-nous? dis-je d'une voix forte qui me surprend un peu.

Ces mots échappés vont mourir quelque part aussitôt prononcés. L'écho fait ou, ou ou à quelques reprises, puis le mutisme assourdissant du vide infini nous engloutit. Enfin quelque chose comme ça. Et je me rends compte que c'est la deuxième fois que je pose cette même question en très peu de temps.

– T'as vu ce palace? dit ma beauté en murmurant presque.

– Tu n'es jamais venue ici?

– Non, jamais.

– Comment as-tu fait pour trouver cet endroit, alors?

– J'ai vu l'entrée et j'ai compris que je devais m'y engager, chuchote-t-elle comme si elle craignait quelque chose.

Je la regarde comme si je ne l'avais encore jamais vue auparavant, enfin, une fois de plus devrais-je dire. Qui est-elle exactement? Une des centaines de femmes qui gravitent dans mon univers personnel depuis quelque temps. Sans compter toutes celles que j'ai baisées dans toutes mes autres existences, depuis la construction de la muraille de Chine ou du canal Lachine? Cette reptilienne albinos semble beaucoup moins sûre d'elle-même que tout à l'heure, quand elle pilotait mon bolide tel un kamikaze sur cette route de montagne. Sans m'avancer outre mesure, je pense que je préférerais mille fois m'envoler avec cette fille pour une baise en apesanteur, dans cette salle délirante, plutôt que de rencontrer un émissaire extraterrestre qui me proposerait une visite de ce palace.

– Émile, tes pensées me chatouillent, petit coquin.

Cette grande fille terriblement sexy, avec son chemiser rouge à peine boutonné sur ses seins nus, n'a pas dit un seul mot. J'en suis sûr. À moins qu'elle soit ventriloque. J'ai entendu ses mots, mais ses lèvres n'ont pas bougé d'une miette. Son corps n'a pas bougé non plus. Je délire, c'est ça. Encore une fois. Mes oreilles hallucinent. Et mon corps va probablement entrer en transes très bientôt. Je suis cuit. Et si j'étais finalement devenu ce magicien de l'improbable, capable de faire advenir ses fantasmes dans la réalité avec quelques mots bien choisis prononcés au moment opportun? Je ne peux faire autrement que de mettre en pratique cette nouvelle idée complètement folle qui vient de me traverser l'esprit.

– Viens que je m'envole avec toi, beauté de mes rêves, dis-je comme un concombre avarié.

– Hi, ho, ha, fait ma belle du jour. Si on dégustait un petit quelque chose avant. J'ai faim. Pas toi, Émile?

– Toujours. T'as vu un resto dans cette bicoque?

– On va faire le tour. On verra bien.

Ce palace démesuré distille une atmosphère très singulière. Je sens des courants d'air venus de très loin qui me chatouillent l'échine et un tas d'autres choses. Cette fille qui marche devant moi est-elle vraiment capable de lire mes pensées? Je n'en serais pas tellement surpris, car je sens moi-même des connexions bizarres s'opérer avec son aura, son esprit, son corps astral ou je ne sais trop quoi. Cette phrase énigmatique, qu'elle vient de me lancer, n'est peut-être qu'un autre moyen de faire advenir quelque chose entre nous, d'établir un mode de communication supérieur ou de brasser la case départ dans le sens du poil. On verra bien ce qu'on verra. Et si une voix venue du sixième ou septième ciel nous lançait tout à coup une invitation?

– Émile, Émile, c'est trop cliché le coup de la voix mystérieuse. Que dirais-tu d'un robot humain à ton image pour nous guider?

Par l'estomac du cobra du Témiscouata! Ça joue sérieux ici. Cette fille lit vraiment mes pensées. Et elle semble avoir d'excellentes idées en tête. Un robot humain à mon image. Rien de trop beau. Tant qu'à y être, amusons-nous un peu, avant de capoter complètement.

– Excellente idée, ça peut mettre un peu de piquant, répondis-je comme si elle m'avait demandé si j'aime la téquila avec les rondelles de python grillées.

Lucy Fair glisse deux doigts entre ses lèvres et elle siffle des notes aiguës qui semblent trouver un écho quelque part. Pourquoi siffle-t-elle comme ça? Pour le simple plaisir probablement. C'est déjà beaucoup et beaucoup mieux que rien. Je repense ensuite à son idée de robot et je me dis qu'un robot humain, à son image à elle, serait délicieusement préférable, mais à quoi bon insister, elle a sans doute déjà capté mes pensées.

Nous arrivons maintenant en vue d'un immense comptoir semblable à une porte d'embarquement pour l'univers et ses banlieues maudites ou quelque chose d'équivalent. C'est plutôt majestueux et futuriste. Il y a tout plein d'écrans géants suspendus dans l'air qui diffusent des images complètement malades. Des planètes géantes en orbite autour de soleils étranges, des systèmes planétaires à deux puis à trois soleils, des animaux comme je n'en ai encore jamais vus, qui font des folies dans des environnements surnaturels, et une variété de phénomènes cosmiques impossibles à imaginer. Une préposée apparait derrière ce comptoir. C'est une sorte de grande dame mystérieuse qui me rappelle un peu cette fameuse Aimée Desanges, apparue l'un de ces quatre matins dans mon antre de la rue des Mammifères repus.

– Bonsoir, madame, monsieur. Que puis-je pour votre service? demande-t-elle d'une jolie voix flutée.

– Votre meilleure table, pour deux, fait ma compagne.

– Avec plaisir. J'ai besoin d'une lecture de votre iris, de vos empreintes digitales et d'un échantillon de sang. Monsieur également, s'il vous plait.

Je me dis que je pourrais peut-être lui offrir un échantillon de bile ou de crachats pour le même prix. Je vois alors ma belle du jour esquisser une mimique à mon intention du genre « arrête de déconner, Émile », et je me dis que la suite de notre petite aventure risque de prendre une tournure encore plus imprévisible que tout. Mais ne suis-je pas le nouveau prophète de l'improbable ou futurologue de l'innommable? Enfin quelque chose comme ça.

Une fois ces formalités débiles dûment remplies, la préposée nous invite à suivre une ligne verte que se dessine au sol à mesure que nous avançons dans une direction prometteuse. Je suis parfois d'un optimisme écoeurant. Pendant que nous suivons cette ligne sinueuse, je continue de sentir ma présence se répercuter dans un écho lointain, comme si je me dissociais en particules élémentaires désireuses de s'amalgamer à autre chose d'indéfinissable ou pis encore. Une autre idée complètement folle de plus au compteur de ma déraison raisonnante, foisonnante, exfoliante? Au point où j'en suis, aussi bien en profiter au max, me suis-je dit tout en admirant le gracieux mouvement des hanches de Lucy Fair sous son chemisier rouge.

– Arrête de me chatouiller les fesses, Émile, petit coquin, dit-elle en se retournant dans ma direction.

J'adore cette réactivité exquise. Je sens que je pourrais la caresser des yeux encore longtemps. Elle est tellement mignonne cette reptilienne albinos. Et tellement allumée. Je lui souffle un baiser, elle sourit malicieusement. Et je sens qu'elle m'insuffle quelque chose d'important à ce moment précis, qu'elle me révèle un secret capital pour la suite de notre aventure pendant qu'elle bouge ses lèvres sans émettre aucun son. Mais, je ne saisis pas bien, je ne saisis presque rien, en fait. C'est seulement comme si son esprit flattait le mien, c'est divin, mais tellement flou et évanescent.

J'aimerais bien savoir ce qu'elle me raconte exactement, cette beauté surnaturelle, quand elle me parle en silence comme ça.

Nous arrivons à un autre comptoir où nous attendent deux robots humains à notre image, qui s'enlacent et s'embrassent comme s'ils n'avaient que ça à faire. C'est plutôt étrange et un peu émoustillant de se voir comme ça, en train de se caresser passionnément. Ils sont très souples pour des robots, presque trop humains, en fin de compte. Soudain, ils se rendent compte que nous sommes là, au moment où ils allaient passer à des caresses encore plus passionnées. C'est quand même assez formidable pour des trucs non humains. Ils remballent finalement la marchandise et nous accueillent avec un immense sourire.

– Madame Lucy Fair et Monsieur Émile Milliard, je présume, dit la femme-robot-clone.

– Salut Lucie, salut Émilio, fait simplement ma compagne.

J'aimerais bien afficher un air aussi relax que la vraie Lucy Fair, ma compagne du jour, qui semble trouver ça normal de jaser avec son propre clone. La dernière fois où j'ai rencontré un de mes clones, ça c'est terminé assez bizarrement, si je me souviens bien. En fait, j'aimerais autant ne pas trop m'en souvenir, ce qui devrait être possible dans l'état actuel des choses. La plupart du temps, j'ai de la difficulté à me rappeler les événements survenus il y a plus de cinq minutes. Mais certains souvenirs sont plus féroces que d'autres.

Nos deux clones nous invitent à les suivre. Ils nous posent quelques questions sur nos goûts culinaires pour nous aiguiller vers un menu gagnant. J'aurais presque le goût de leur parler de rondelles de cobra à la mode Zanzibar, mais je préfère laisser l'initiative à ma compagne, histoire de mieux la connaître. Je sens que nous avons des affinités, je le sens énormément. J'écoute distraitement ses propos sur ses préférences culinaires tout en jetant un œil sur ce palace monumental. C'est plutôt sombre à première vue. Je perçois surtout une impression d'immensité, une présence d'infini à portée de la main pour ainsi dire. Cet endroit est une sorte de gigantesque parenthèse dans le cosmos ou l'espace-temps. On sent que tout y est possible. Tout et bien d'autres choses, sans aucun doute. Mais je sens aussi qu'une partie de moi a déjà commencé à se dissoudre dans cette atmosphère si… cette atmosphère si…. comment dire…

Je ne crois pas qu'il existe un mot, ni même une bibliothèque complète qui puisse donner un aperçu de ce qui se passe ici…

– GROOOAAARRRR!

Par les castagnettes du python de Saint-Télesphon, qu'est-ce que c'est que ce rugissement, me dis-je comme ça, mine de rien. Si j'ai bien vu, ce que j'aimerais mieux ne pas voir, une panthère noire nous accompagne comme si nous l'avions invitée à partager notre repas. Pas très folichon comme idée, mais bon, faudra faire avec comme on dit. Tant qu'on pourra lui lancer un petit steak de temps à autre, on devrait pouvoir manger en paix jusqu'au dessert. À condition, que nous ne devenions pas nous-mêmes cette gâterie finale, entre ces crocs d'excellente qualité qui me suivent d'assez près maintenant. Grr, grr, grr… Cette panthère ne semble pas trop affamée pour le moment. Sans doute parce qu'elle mâchouille encore quelque chose dans sa gueule impressionnante. Des restes de table ou de clients?

– Monsieur Milliard, ou puis-je vous appeler Émile, fait mon clone d'une voix très classe.

– Faites donc, mon cher Émilio, répondis-je sur le même ton ou à peu près.

– Émile, Émile, Émile. Vous me semblez nanti d'un imaginaire fantasmatique particulièrement riche, je dirais même foisonnant.

– Qu'est-ce qui vous fait croire cela mon cher ami? avancé-je en continuant de marcher plutôt rapidement.

– Mon cher Émile, l'atmosphère unique de ce palace hors du temps et de l'espace favorise parfois la matérialisation des fantasmes les plus bizarres de nos invités, répond mon clone.

Mon interlocuteur jette un coup d'œil à la panthère qui nous accompagne et il me regarde ensuite d'un air indéfinissable avec mes propres yeux, il me semble. Je ne sais plus trop laquelle de ces deux visions est la plus dérangeante : cette panthère qui mâchouille un bout de viande en nous talonnant ou cette discussion avec mon clone qui me fait dresser le poil sur une bonne partie du corps et même ailleurs. Je n'irai pas plus loin pour le moment. Lui non plus d'ailleurs puisque nous arrivons maintenant à l'entrée d'une immense salle à manger où règne une effervescence joyeuse, du moins au premier coup d'oreille de cobra.

C'est assez fou comme restaurant, et immense comme de raison. Comme si la raison avait encore des droits dans un tel décor digne des plus belles folies cinématographiques du prochain siècle. Ou du prochain millénaire? J'espère seulement que cette mise en scène ne s'inspire pas de certains de mes fantasmes inconnus à ce jour. Quoique, quoique….

À première vue, on pourrait penser qu'un certain nombre de mondes et d'univers cohabitent dans le même espace au même moment. C'est complètement ahurissant. Quelque part vers le centre de cette vision, mais aussi au-dessus de nos têtes et sous nos pieds, un immense voilier rouge vogue sur un océan déchaîné. Un océan qui ressemble parfois à un ciel bleu d'été et parfois à un ciel de nuit constellé d'étoiles, de nébuleuses, d'amas planétaires, d'explosions d'étoiles en supernova et d'autres phénomènes cosmiques qui participent à la recréation perpétuelle du monde. J'ai toujours aimé l'aventure, mais là j'y perds tous mes repères, enfin, s'il m'en restait encore quelques-uns en réserve.

Nous continuons de suivre nos deux clones, dans ce magma visuel éblouissant, sans même savoir si nous marchons encore sur une surface quelconque ou si nous lévitons déjà. Nous circulons ensuite entre d'immenses tables remplies de gens qui semblent se régaler et s'amuser. On entend des rires et des éclats de voix, des conversations animées et tous les bruits habituels d'un grand restaurant. Nous croisons aussi des animaux de toutes sortes, qui donnent l'impression de vivre là en harmonie avec l'ensemble de cette clientèle, tandis qu'un personnel empressé s'active aux mille et une tâches du service. Par moments, nous traversons d'autres univers qui se superposent, s'entrelacent, s'enchevêtrent, s'interpénètrent ou je ne sais trop quoi.

Nous arrivons bientôt à une table vacante à demi dissimulée derrière des arbustes, des amoncellements de rocs et de jolies plantes carnivores plutôt affamées. On dirait que ça mâchouille joyeusement là aussi. Nos hôtes clonés nous invitent à prendre place et à consulter le menu cryptovisuel qui s'affiche dans l'ambiance, droit devant nos yeux exorbités. Nos deux copies identiques disparaissent après nous avoir promis de revenir bientôt pour la suite de notre festin.

— Au moins cette foutue panthère est disparue de ma vue, dis-je à Lucy Fair.

– C'est ta panthère à toi, Émile, tu en fais ce que tu veux, mon cher, répond-elle.

Les mots de ma sublime compagne roulent à vide dans mon effroi décomposé, pendant que les propos de mon clone continuent de s'infiltrer jusque dans les coins les plus sombres de ma ménagerie personnelle. À ma grande surprise, mon vacarme intérieur croissant s'harmonise avec le joyeux charivari des lieux. Rien de tel qu'un bon coup de marteau sur les doigts pour vous faire oublier un mal de tête tenace, comme on dit parfois.

Ce menu qui s'affiche devant moi en suspension dans l'air est terriblement bien étoffé. Je n'ai jamais vu un tel choix de nourriture, de boissons, et de cuisines de toutes les régions du monde et même au-delà. Je regarde ma compagne du coin de l'œil, pendant qu'elle fait défiler les photos et les descriptions de tous ces plats comme si elle cherchait quelque chose de précis.

– Va à la page six-cent-soixante-six Émile, tu vas aimer, j'en suis sûre.

Je m'y rends illico d'un clic mental bien sonné. Ô la, la. Quelle merveille! C'est la section de la cuisine reptilienne. Et il y en a des pages et des pages, avec des descriptions détaillées, et des tas de photos. Je feuillette abondamment. C'est trop merveilleux. Je sens déjà que mon petit talent potentiel de futurologue de l'impossible ou de magicien de l'improbable risque de faire des bonds de géant vers je ne sais trop quoi encore, mais ça viendra sûrement. Et sans doute beaucoup plus vite que prévu.

Lorsque nos deux clones viennent s'enquérir de nos choix, nous décidons finalement d'y aller à fond la caisse dans le cobra, le boa, l'anaconda et toutes ces autres curiosités importées de la planète Reptilia Rex. C'est indiqué très clairement en bas de page. Ils repartent ensuite nous chercher le tout en continuant de se caresser et de s'embrasser comme des maniaques sexuels en plein délire.

Et je me retrouve alors en tête à tête avec cette Lucy Fair qui me regarde dans le fond des yeux comme si elle ne m'avait encore jamais vu en plein jour. Ou plutôt en cette nuit magique tombée en plein jour, ou vice versa. Dans la salle à manger tellement grandiose de ce palace infini. Dans mon slip en peau de caribou? Pas de panique dans les hormones mon bonhomme, me dis-je finalement au risque qu'elle ait déjà pigé la totalité de mon délire intérieur.

– Émile, Émile, Émile… souffle-t-elle comme si mon prénom était devenu une sorte d'incantation exécutoire ou quelque chose comme ça.

– Milliard, c'est exactement ça, répondis-je.

– Émile, Émile, Émile…

Là, elle se met carrément à chanter mon prénom, puis une série de mots ou de syllabes, je ne saurais dire, dans une langue inventée ou issue d'une galaxie éloignée. Sur une musique de vieux jazz des années 2020, une jolie ligne mélodique au piano appuyée sur une contrebasse en méditation profonde à l'autre bout du cosmos. Quelle voix, par les oreillettes du python d'Arthabaska! Cette Lucy Fair est un véritable phénomène. Elle ne chante pas, elle parle à mes animaux intérieurs, elle les cajole, elle les mystifie, elle les emmène ailleurs, et sans doute beaucoup plus loin que je ne pourrais l'imaginer. C'est souvent comme ça, parait-il.

– Alors Émile, es-tu prêt à partir en tournée cosmique?

Cette reptilienne apprivoisée, qui me contemple de ses grands yeux verts, est totalement mystifiante. Je la regarde longtemps et elle aussi. Nous restons là à nous observer mutuellement comme si le temps s'était arrêté. Je me sens pareil à une volute de fumée bleue qui s'élève lentement, si lentement dans l'air, qui épouse ses courants invisibles en les caressant encore et encore. Je glisse sur l'invisible et je me diffuse dans des microcosmes infinitésimaux. Je me dis que l'infiniment petit et l'infiniment grand se rejoignent sûrement quelque part ou ailleurs. Et j'en arrive à penser que cette tournée cosmique est déjà assez bien entamée tandis que j'observe ce décor extravagant, comme si je n'y étais pas vraiment présent. Puis me revoilà piégé par le regard de cette femme fascinante, cette femme qui englobe aussi la totalité des femmes que j'ai connues à ce jour. Comme si cela était possible. Tout demeure si léger dans cette ambiance énigmatique, si dangereusement léger.

– Tu as raison Émile. Notre tournée cosmique est déjà commencée. Bienvenue dans le reste de l'Univers, l'ailleurs de l'au-delà, et cætera, et cætera…

– Ma joli cobra…, ajouté-je avec un petit goût de facétie qui ne cesse de me poursuivre.

Cette Lucy Fair est un mirage, une apparition, un enchantement et bien d'autres choses encore. Elle rit si divinement. Et elle se laisse maintenant envahir par une sorte de béatitude folâtre qui donne bientôt naissance à un autre rire léger. Un rire diablement léger, irais-je même jusqu'à affirmer sous la torture la plus douce, un rire qui l'amène lentement ailleurs, et moi de même, je crois bien. On peut sans doute mourir de plaisir après avoir entendu un tel rire. Et quoi d'autre encore par les oreilles du cobra de Témiscouata! J'en frémis déjà de tous mes atomes, surtout les plus sombres.

***

Chapitre 11
L'être et le peut-être

Ce festin reptilien dans ce restaurant délirant me propulse tout doucement vers un nouvel univers qui ne ressemble à rien de connu à ce jour. Surprenant, quand même. Et quel jour pour l'amour de notre aventure cosmico-cosmétique? Y a-t-il vraiment un autre jour qui aura le courage de se lever après une odyssée semblable? J'aime autant ne pas trop y penser.

Nous dégustons les meilleurs serpents de la création. C'est le snake plus ultra du reptile royal, superbement apprêté de toutes les manières possibles et impossibles. Nous buvons les liqueurs célestes et les élixirs de l'immortalité, de l'ubiquité et j'en passe. Burp! Pardon. Nous goûtons aux plaisirs de nos sens émerveillés. Nous ripaillons comme des dieux de paille dans le feu de l'enfer. Nous rions comme des macaques hilares. Nous libérons nos ménageries intérieures. Nous créons des mondes. Nous chantons et dansons sur le rayonnement fossile du cosmos. Nous conquérons l'univers.

Et j'espère bien être en mesure de me pousser par la porte d'en arrière avant de voir arriver la facture. Pendant que mon corps tente de digérer toutes ces merveilles, ma tête implose dans un feu d'artifice muet. Il y a des jours comme ça où on rêve de devenir végétarien en secret. Et peut-être même fakir fucké sur lit de vis genre maso de service. Ou vice versa dans le venin de cobra de Péribonka. Pas de panique mes jolies coquerelles virtuelles.

Je sens maintenant l'histoire entière de la vie terrestre me transpercer la peau, s'installer à demeure dans chacune de mes cellules comme si je devenais la mémoire de tout ce qui a vécu sur cette planète depuis la première amibe. Méchant programme. Pour un gars qui est incapable de se rappeler la journée précédente, c'est quand même appréciable. Mais sans doute pas aussi émoustillant que de regarder cette Lucy Fair siroter un élixir de vie merveilleuse entre deux pincées d'extraits d'éternité au salon zénith de ce palace fallacieux. Car c'est bien ici que nous sommes, au firmament de cette coupole pharaonique, là-haut, tout là-bas, à deviser joyeuse-ment de tout et de rien comme si le temps nous appartenait.

Et l'espace, l'espace, l'espace…. Que dire de l'espace…

Pour que l'âme se dilate…, n'ayez crainte je ne glisserai pas sur le sujet de l'âme de ma rate, bien que la tentation soit rude. Pour que l'âme se dilate, disais-je donc, il faut que l'espace se dilate également. Et pour que l'espace-temps se dilate, il n'y a qu'un pas à franchir de guingois ou autrement. Et lorsque l'espace-temps se dilate, le temps et l'espace n'existent plus. Bref, la fameuse galaxie remplie de trésors située à trois cents années-lumière devient tout à coup aussi accessible que ce foutu petit bar au coin de la rue.

C'est à peu près ça que j'ai cru comprendre au fil de notre conversation assez farfelue qui dure déjà depuis une éternité et demie. C'est fou ce qu'on en apprend des choses avec cette Lucy Fair. Cette femme connait tout, tout le monde et son grand-père, jusqu'à la première génération apparue sur cette planète. Et elle a la charmante habitude de se promener presque nue la plupart du temps. Comme au paradis terrestre…

Et puisque je ne suis guère habillé non plus, nous nous réinvitons à danser sur le plancher complètement transparent du grand salon de la coupole, ce qui n'a finalement aucun rapport logique, mais qui s'avère éminemment agréable. Ma jolie déesse enfile un léger nuage bleuté pour voiler adroitement ses voluptés physiques époustouflantes. J'aurais presque le goût de me contenter d'une pelure de banane, mais ma dulcinée me refile un petit nuage particulièrement seyant sur mon corps céleste. Et nous voilà partis à virevolter comme des amants éternels, au sommet de cette coupole. De ce point de vue unique, nous voyons l'ensemble de ce palace étrange et peut-être même la totalité de cette planète et de ses banlieues maudites.

– Alors Émile, qu'en pensez-vous?

– De quoi exactement?

– De notre proposition?

– Laquelle déjà?

– Notre tournée cosmique, Émile. Notre tournée cosmique avec le Cirque de l'espace-temps.

– Oui, bien sûr.

– Alors vous dites oui, j'ai bien compris. Vous acceptez notre invitation?

– C'est-à-dire que…

– Vous ne le regretterez pas Émile. Vous serez un excellent futurologue de l'imprévisible et magicien de l'improbable.

– Enfin, je ne sais pas si j'ai les qualités requises.

– Ne vous en faites pas. Vous n'aurez qu'à continuer à déconner comme vous le faites depuis si longtemps. Mais vous le ferez ailleurs que sur cette planète.

– Ah bon. Vous me tentez en diable, ma chère Lucy Fair.

– Dansons pour célébrer la décision de votre vie, mon cher Émile. Dansons jusqu'à la fin de l'éternité.

Heureusement que j'ai suivi quelques cours de danse dans le sillage de mes études en improvisation verbale, car cette activité semble particulièrement prisée au sein de cette troupe ou cirque de l'espace-temps. Et cette Lucy Fair danse divinement. Allons-y donc pour une autre rumba endiablée de bacchanale torturée en attendant le début de cette tournée cosmique. Et vive l'aventure avec toute la beauté de ce monde et son nuage de voluptés!

J'ai peu de souvenirs du paradis terrestre, mais il me semble que nos virevoltes s'en inspirent peut-être. Qui sait, qui sait, qui sait. Nous évoluons comme des patineurs du ciel sur ce plancher transparent, au sommet de cette coupole qui flirte avec le firmament, le cosmos et quoi d'autre encore. Si c'est un rêve, le rêveur est particulièrement doué. J'aimerais bien le connaître. Tout semble si réel et irréel à la fois. L'irréalité du réel n'a jamais cessé de me fasciner. Et vice versa dans la gueule du cobra ou de l'anaconda.

– Connaissez-vous la très jolie Reptilia Rex, me demande tout à coup Lucy Fair.

– C'est l'une de vos amies? répondis-je facétieusement.

– Oui, elle pèse quatre cent quarante milliards de tonnes et elle orbite autour de son soleil en trois cent trente-trois jours dans la constellation du Castor.

– Les amitiés particulières sont souvent passionnantes, fis-je subtilement.

– Émile Milliard, vous êtes notre homme, répond-elle en me cajolant doucement d'un sourire exquis.

Je la bise d'un de mes meilleurs sourires et nous continuons de virevolter dans une nouvelle série de figures libres des plus réussies. Je sens que cette danse est un prélude à quelque chose. Quelque chose qui se dessine dans son regard fulgurant et indéchiffrable, pétillant et provocant, et quoi d'autre encore. Est-ce vraiment la fiancée du diable qui tournoie entre mes bras? Je ne saurais dire et je ne m'en soucie guère, la vie est trop belle. Et mes rats sont repus. Et j'aurais presque le goût de réciter de la poésie ou de chanter des chansons grivoises, mais la soirée est encore si jeune et diablement prometteuse. Et cette Lucy Fair est si exceptionnelle, même si son nom complet me donne froid dans le dos de l'âme. Ou quelque chose comme ça. « Et que cette danse continue de nous échauffer les sens jusqu'à plus soif » aurais-je le goût de penser, d'entendre ou d'imaginer ou peu importe.

Je ne sais plus ce que je dis, ni ce que je pense, alors je danse et nous dansons. Youpilaie, aïe, aïe.

Soudain, soudain, soudain. Une idée folle me passe quelque part et je lui lance inopinément quelque chose comme ceci :

— Lucy, ne me dites surtout pas que vous m'aimez à la folie.

— Émile, Émile, un peu de tenue s'il vous plait. Que pensez-vous que nous faisons en ce moment?

— Je ne saurais trop dire, jolie merveille. Nous flirtons avec le cosmos, ou quelque chose comme ça.

— Où vous croyez-vous, exactement, mon petit Émile? Dans vos fantasmes de malade mental ou dans la réalité infravirtuelle de cinquième ou sixième génération.

— Est-ce qu'il y a d'autres choix?

— Esclave sexuel, ça vous plairait, Émile?

— Si je peux vous être utile, dites-le franchement.

— Ça vous plairait que je vous crucifie avant de vous de vous dévorer par petits morceaux.

— Arrêtez, vous me donnez des frissons follement étranges.

— Ou que je vous arrache le foie avec les dents.

— Ne me plagiez pas, s'il vous plait, madame.

— Désolé, ce n'est pas ce que je voulais dire.

— Ah non?!?

— Émile, nous sommes ici pour vous expédier sur Reptilia Rex et ça me crève le cœur.

— Et si je vous massais le pancréas?

— Émile, vous êtes tellement romantique.

— Ah, j'ai tant aimé la Rome antique.

— Ah bon! Vous y étiez aussi?

— À temps partiel seulement.

– Je vois. Vous étiez centurion ou patricien?

– Non, j'étais lion.

– Vous avez l'air si doux pourtant...

Cette Lucy Fair possède un joli talent d'improvisatrice, en plus d'être une danseuse hors pair, d'autant plus que c'est moi qui complète la paire. Notre folle virevolte du début se métamorphose doucement en quelque chose de joyeusement lascif. Nous bougeons de moins en moins et nous nous rapprochons de plus en plus. Cela devient carrément équivoque lorsque nos nez se rencontrent à l'improviste, tandis que nos yeux se liquéfient les uns dans les autres ou quelque chose comme ça.

– Émile, vous savez que nous risquons d'y laisser notre peau dans cette tournée cosmique? dit-elle soudain d'un air dramatique, mais pas trop.

– Lucy, je vous offre ma peau et certains de mes os, si vous y tenez absolument.

– Émile, Émile, Émile, vous êtes fou et si merveilleusement beau

– Arrêtez, vous allez me faire rougir.

– Venez, j'aimerais mieux vous faire mourir.

– Alors, mourons, s'il le faut.

Je n'aurais jamais dû dire une connerie semblable. Cette divine Lucy Fair semble avoir pris mon idée au pied de la lettre ou de la phrase, je ne saurais préciser outre mesure. Tout ce que je sais, c'est qu'elle m'entraîne maintenant par la main dans une direction inconnue, mais qui ne devrait pas le rester encore très longtemps, car nous courons maintenant comme des olympiens enflammés par l'odeur du podium.

Nous courons et nous arrivons maintenant en vue d'un plongeoir et d'une piscine remplie d'eau turquoise qui me semble exquise à tous points de vue.

– Venez Émile, crie cette diablesse ennuagée.

Lucy Fair continue de courir toujours plus vite, jusqu'à l'extrémité de ce tremplin, avant d'y exécuter un plongeon parfait. Cette fille est trop parfaite, ça devient plutôt difficile à vivre par moments, toutes ces folles cabrioles. Quoi qu'il en soit mon petit Mi-Mile, me dis-je sournoisement, c'est le temps de prouver que tu as l'esprit olympique enfoui quelque part dans ta fabuleuse carcasse. Je me rue donc comme un assoiffé de défis vers ce tremplin qui m'appelle et j'y procède joyeusement à un plongeon digne de mention, du moins je l'espère.

Et voilà que je me mets à grimper vers des hauteurs assez vertigineuses durant un petit moment. Ce tremplin a beaucoup plus de ressort que je ne l'aurais cru au premier coup d'œil. Je finis par aller m'étamper le squelette sur une sorte de dôme avant de retomber en direction de cette piscine bleu-turquoise où je coule comme une affaire inanimée ou en voie de le devenir. La fraîcheur de l'eau me ranime les idées, les babines et tout un tas d'autres choses pendant que je continue de m'abimer dans l'onde traitresse. Bref, je coule au fond comme un poids mort qui va se farcir la grande tasse de bleu-turquoise comme digestif.

Pendant que je me dis que les choses ne tournent plus vraiment dans le sens du poil, je sens que cette eau se raréfie subrepticement. Je tombe maintenant dans l'air, ce qui a au moins l'avantage de me sécher le vêtement. Je regarde en bas et je crois bien que je n'aurai pas le temps de repeigner ma chevelure de dieu grec avant d'aller m'allonger la face et le reste du cadavre un peu plus bas sur la pierraille de ce palace incommensurable. Je viens sans doute d'entrer dans une autre dimension, un autre univers ou une autre patente impossible. Et si ce n'était que la suite de mon initiation préparatoire à cette tournée cosmique avec le cirque de l'espace-temps? Ou la suite du kidnapping de mon intelligence supérieure et de mon corps de rêve par une civilisation extraterrestre? Ah si seulement, ah si seulement! Ah si seulement je pouvais continuer de répéter ah! si seulement encore une couple de fois au lieu d'aller m'écraser là-bas comme une pomme pourrie sur un tas de gravats.

– Crie « Stop » Émile! hurle Lucy Fair.

Je la vois soudain, debout au sol, quelques dizaines de mètres plus bas. Elle continue de vociférer ces mots qui me pénètrent soudain les idées jusqu'à la moelle : « Crie Stop Émile ».

– STOP, beuglai-je d'une voix déchirée.

Les choses redeviennent subtilement légères tout à coup. Je ne tombe plus tel une masse morte, je plane dans l'air comme si je flottais sur l'eau. Je descends lentement vers le sol où m'attend cette Lucy Fair qui vient de m'arracher le cœur de la cage thoracique comme une excroissance superflue à éliminer. Et je m'allonge bientôt sur la pierraille comme une feuille d'érable assassinée par un automne hâtif. Tourlou bidou.

– Tiens donc, je ne savais pas que vous aviez aussi du ruminant dans votre ménagerie intérieure, mon cher Émile?

– Moi non plus, fis-je, plus mort que vif.

– Vous ferez des merveilles sur Reptilia Rex, mon cher Émile, je le sens.

– Si je suis encore vivant, ajoutai-je avant de m'effondrer de bonheur.

– Émile, Émile, Émile, vous êtes tellement adorable.

J'aurais bien aimé mourir sur place sur ce tas de gravats, mais il semble que je sois encore trop vivant pour des galipettes d'outre-tombe. Lucy Fair me fout quelques petites claques sur le coin de la gueule, soi-disant pour me ranimer, avant de m'aider à me relever.

– Alors, ça va mieux, monsieur le magicien de l'impro-bable?

Je reste là à regarder cette Lucy Fair pendant que j'essaie de comprendre ce qui m'arrive. Je pourrais aussi bien rester là à admirer cette Lucy des enfers jusqu'à la fin du monde tellement elle est sublime. Peu importe ce qui pourrait bien m'arriver dans les cinq prochaines minutes ou d'ici la suite de mon apocalypse personnelle. Cette femme est le diable en personne. Un diable plutôt ravissant comme on n'en voit peu ici-bas, et même ailleurs dans cet univers incommensurablement démesuré. Si je comprends encore quelque chose à quoi que ce soit, je dis bien si, il semble que je viens de franchir une étape importante dans mon développement personnel. C'est mon conseiller animal qui serait fier de moi. Enfin, s'il parvient à sortir du coma un de ces jours.

– Et si on allait prendre le digestif, maintenant. Venez Émile.

– Oui, avec plaisir, mademoiselle Lucy.

– Appelez-moi Lucy Fair, voyons.

– Oui… oui… bien sûr.

Je crois bien que je suivrais cette femme jusqu'au bout du monde et peut-être même encore plus loin. C'est d'ailleurs ce qui se dessine devant mes yeux, mes yeux, mes dents et mes yeux, ma bouche et mes oreilles, mon nez et mes narines. Pour l'amour des oreilles du cobra de Ribougnitouche, qu'est-ce que j'ai à déconner comme ça, on dirait que j'ai attrapé un virus ou une maladie. Mais ce sont peut-être simplement les effets secondaires de ma transformation récente en magicien de l'improbable. Je jurerais que cette femme diabolique va me demander bientôt de me faire disparaître moi-même et de me faire réapparaître sur les lieux de ma prochaine mission, cette fameuse planète Reptilia Rex.

Sont-ce mes petits talents de futurologue de l'impossible qui commencent à agir ainsi à mon insu? Ce n'est pas tout à fait impossible. Cette dernière pirouette extrême, qui a failli me tuer après ce plongeon débile, vient probablement de m'ouvrir une série de nouvelles portes vers l'ailleurs éloigné et bien d'autres folies encore plus démentes. Et si tout ce que je pense maintenant se réalisait effectivement à plus ou moins brève échéance? Par les mandibules du boa de Baobab City! Je suis fait comme un rat. Mon imagination délirante pourrait maintenant me tuer sans avertissement, je ne le sens que trop bien. Ou pis encore. Et quand je dis pis, je dis pis, croyez-moi sur parole. La meilleure stratégie consisterait probablement à ne pas penser du tout pour un petit moment. Le temps de voir comment les choses vont tourner avant mon départ vers cette Reptilia Rex avec ce fameux Cirque de l'espace-temps.

— Aimez-vous le zombie-gringo, mon cher Émile, fait ma diablesse.

— Qu'est-ce que c'est déjà?

— Le meilleur digestif au monde. Vous n'en reviendrez tout simplement pas, mon cher Émile.

Qu'est-ce qu'elle veut dire par là au juste? Je ne suis même pas encore parti et elle me dit déjà que je n'en reviendrai pas. Est-ce que je capote ou est-ce que je radote? J'espère au moins qu'ils ont des rondelles de cobra mariné. Leur petit goût suave commence à me manquer sérieusement.

Et voilà maintenant que nous prenons un ascenseur ultra-rapide qui me cloue l'estomac dans les talons. Nous remontons probablement vers cette coupole dans les étoiles et ce restaurant délirant pour déguster ce fameux digestif, ou quoi d'autre encore.

— Vous serez un merveilleux magicien, Émile, fait ma diablesse.

Le mot abracadabra apparait soudain dans l'espace, tout autour de ma fée du diable, et ses lettres clignotent un moment autour de sa tête. Elle tend les mains de chaque côté de cette apparition en lettres dorées comme pour saisir cet abracadabra et s'en emparer. Ses mains se rapprochent progressivement l'un de l'autre et le mot abracadabra disparait au fur et à mesure comme si elle l'avait capturé.

– Tenez, c'est pour vous, dit ma démone, en me remettant ce qu'elle a saisi dans l'air.

Je tente d'empoigner cette chose irréelle, qu'elle me tend avec le plus grand sérieux, mais j'ai plutôt l'impression que c'est cette chose même qui me happe les mains, les bras, les épaules, le torse, la tête, l'estomac et le reste de mon petit moi qui ne sait plus trop où il est rendu.

– Puissiez-vous en faire bon usage, dit la belle démone.

L'ascenseur s'immobilise. Les portes s'ouvrent. Nous descendons dans un lieu que je n'ai encore jamais vu. Je regarde en bas et je vois cette fameuse coupole où nous avons dansé si follement. Elle semble toute petite, comme si elle se trouvait quelques milliers de mètres plus bas.

– Tout n'est qu'illusion, souffle Lucy Fair à mon oreille gauche, celle du cœur.

***

Chapitre 12
Un petit goût d'éternité

Alors, c'est comme ça que ça se passe. Nous sommes rendus au septième ciel ou quelque part par là. Personnellement, je n'en ai rien à cirer, tout ce qui m'importe pour le moment, c'est ce fameux digestif miracle. Le zombie-bingo, je crois. Avec quelques rondelles de cobra mariné, l'affaire va être ketchup assez bientôt, je présume. Sans oublier mes champignons carnivores cultivés en apesanteur. Mmm. Un pur délice de folie douce pour le palais, l'estomac et tout un tas d'autres choses.

Mes petits talents de magicien de l'improbable se développent à un rythme vertigineux dans cet endroit virtuellement dément. Je fais apparaître et disparaitre des choses et des gens comme vous et moi aussi facilement que si je commandais un sexpresso et un peu de poison au café du coin. J'improvise de nouvelles formules magiques au fil de l'inspiration et l'environnement se plie dangereusement à mes caprices et parfois même davantage. C'est presque trop simple. Je suis enfin arrivé dans ce monde que j'ai imaginé durant toute mon existence actuelle, cette vie improbable de gigolo de banlieue et de mammifère excentrique en goguette sur cette bonne vieille planète Terre.

Je suis rendu au septième ciel et je commence à penser que cet endroit trop mirifique pourrait ressembler un jour à l'anti-chambre de l'enfer. Heureusement, le temps n'existe plus ici, à ce que j'ai cru comprendre, alors un jour prochain ou dans deux siècles, c'est presque pareil. Donc, pas de panique mon Mi-Mile, me dis-je en voyant approcher un troupeau de mes bestioles intérieures, libérées récemment dans cet environnement à nul autre semblable.

C'est presque trop vrai pour être beau. Il semblerait que toute cette ménagerie folle, qui m'habite depuis si longtemps, gambade maintenant dans ce pré verdoyant qui s'étend à perte de vue devant moi. Il y a des ânes, des antilopes, des babouins, des bonobos, des cobras, des castors, des cercopithèques, des chameaux, des coyotes, des gazelles, des gorilles, des jaguars, des lapins, des lynx, des macaques, des mouflons, des ocelots, des okapis, des ours, des panthères, des pumas, des porcs, des tas de rats, bien sûr, des renards, des rhinocéros, des singes-araignées, des tapirs, des tigres, des vampires, des visons, des yacks et des zèbres. C'est proprement incroyable et j'y crois à peine moi-même, mais quelle importance. Pourtant, la bonne vieille réalité plate de monsieur et madame tout le monde est tout aussi magique et merveilleuse que ces conneries précitées, quand on y pense bien, mais personne n'en dit jamais rien.

Le temps n'existe plus ici, mais l'espace est formidable. Et les gens aussi. Enfin, ceux que je n'ai pas encore fait disparaître sans trop m'en rendre compte. Je crois bien que mes nouveaux talents de magicien dépassent souvent mes capacités personnelles. Je perds parfois le contrôle de mes tours de magie et ça dégénère un peu en n'importe quoi, mais pas plus que dans ma vie antérieure de gigolo de banlieue, en fin de compte. Et avec tous ces fous et folles à lier du cirque ou du théâtre de l'espace-temps autour de moi, mes erreurs de débutant passent souvent aussi inaperçues qu'un gribouillage raté sur un morceau de néant perdu dans l'espace extragalactique.

Il y a parfois une sorte de maitre de cérémonie qui apparaît quelque part et qui lance une nouvelle improvisation à laquelle il nous invite à participer. La plupart du temps, c'est un personnage hautement improbable, en partie imaginaire, synthétique ou composite, bref un peu n'importe quoi et son contraire si cela est encore possible. Le nouveau maitre du jeu, qui vient tout juste d'apparaitre sur la piste centrale, est un drôle de bonhomme à trois têtes doté d'un certain nombre de membres humains, de tentacules, de mandibules et d'une variété de caractéristiques plutôt époustouflantes. Une sorte de mélange d'animal, de végétal, d'humain, de mollusque, de tétrapode et d'un certain nombre d'autres trucs indéfinissables. Le résultat d'un tirage fou lors d'une loterie génétique ratée par un apprenti généticien taré. Oh yé! Et cette chose flotte par moments dans les airs grâce à quelques ailes rétractibles. Et elle parle. On dirait même qu'elle se prépare à chanter.

— Aaaa... donnez-mi un mi bémol, légèrement diminué, avec beaucoup de glace et trois pailles, maestro, s'il vous plait, merci, vous êtes gentil, trop merveilleux... Aaaa.... Quel délice.

Cette chose regarde la foule de chacun de ses yeux à la fois, comme un œil géant de mouche qui envisagerait une friandise glauque sur un plancher douteux. On sent que la chose jubile de s'adresser à cette masse de joyeux merlans frits en plein délire.

Je sens tout à coup une main reptilienne, enfin, je crois bien que ça existe quelque part, puis un corps reptilien tout entier, qui me caresse le dos, les hanches, les fesses, la poitrine et tout un tas d'autres choses encore plus réactives. Je tente de me retourner pour affronter cette intrusion des plus excitantes, je tente de bouger, mais cette créature si douce et délicieusement parfumée m'envahit tout entier et m'immobilise avant de me murmurer à l'oreille.

– Mm, Mm, Mmmm... Émile, Émile, Émile, tu es tout à moi maintenant. Et je vais te bouffer tout cru, ou bien, ou bien, ou bien... Par où vais-je commencer, dis-moi, Émile, as-tu une idée?

Je suis cuit comme une collation de boa affamé un soir de mai, ou quelque chose de simiesque, ou de similaire, au gré du long de la dondaine, etc., comme le raconte si bien cette chanson triste et presque oubliée aujourd'hui. J'essaie de me rappeler son titre, mais je crois bien que je n'en aurai pas le temps. Il me semble que je revois ce mot abracadabra qui scintille dans la pénombre d'un demi-jour assassin et je me dis que s'il y a vraiment un magicien qui sommeille en moi, l'heure de son réveil a grandement sonné. Surtout s'il ne tient pas précisément à s'endormir pour toujours. Cette Lucy Fair a décidé de jouer le grand jeu et elle est particulièrement irrésistible dans son nouveau rôle d'anaconda femelle en chaleur. Irrésistible et particulièrement seyante sur ma peau, mais si douce et enveloppante. La douceur du reptile est redoutable, et que dire du reptile albinos, merveilleusement personnifié ici par ma douce compagne qui s'affaire à pétrir le moindre centimètre de ma peau veloutée. Ça fait un petit moment que je n'ai pas eu l'occasion de m'offrir un massage par une main professionnelle, et ces caresses reptiliennes me procurent déjà un bien-être cellulaire quasi équivalent.

Dans mon cerveau relaxé, un peu trop peut-être, l'idée saugrenue d'essayer encore mes nouveaux talents d'apprenti sorcier ou de magicien de l'improbable me chatouille le neurone. Et voilà que je lance tout à coup des « abracadabra » ici et là alors que je pourrais me contenter de quelques-uns de mes jurons habituels, aromatisés pour la circonstance.

Ma charmante Lucy Fair me regarde d'un œil visqueux tandis que ses bras et ses jambes se transforment en membres reptiliens. S'il existe des mains reptiliennes, il n'y a qu'un pas pour arriver aux membres, il me semble que c'est facile à comprendre. Sa métamorphose vers l'état de femme-serpent progresse plutôt bien à première vue. Elle semble toutefois légèrement exaspérée de m'entendre proférer des « abracadabras » inutiles comme un imbécile.

– Ça suffit les conneries. Pensez donc plutôt à votre prochaine métamorphose mon cher Émile. Regardez...

Je ne fais que ça. Je regarde cette reptilienne albinos, qui se transforme en tas de serpents, de vipères et d'autres bestioles du même genre sous mes yeux, et j'essaie de ne pas disjoncter complètement. C'est trop réel, trop fou, trop poisseux, mais pas tellement plus qu'hier si on se rappelle bien.

– Parlant de conneries, c'est quoi cette foutue métamorphose de merde, lui répondis-je tout en essayant de repousser une des têtes de serpent qui a remplacé sa main gauche depuis peu.

– Allez le magicien, fais ton travail.

J'ai l'impression qu'elle aussi est en train de perdre le contrôle d'un certain nombre de choses, ou bien, c'est tout simplement son petit numéro qui est trop bien fignolé. On dirait vraiment qu'elle va disparaître dans les circonvolutions de ces serpents qui avalent et remplacent progressivement son si joli corps de reptilienne albinos.

– Abracadabra, tabarnak, sont les seuls mots qui me viennent à l'esprit et je les balance aussi sec dans l'action.

– Argh, argh, ayoye, fait ma jolie reptilienne en me fixant de ses yeux fous. Encore, encore, Émile, ajoute-t-elle dans un rictus consommé.

– Abratabarnak, renchéris-je, assez fier de ma petite trouvaille.

À ce mot, totalement inventé dois-je préciser, les envahisseurs reptiliens qui entamaient l'étape ultime de leur prise de possession de Lucy Fair, ralentissent leur progression, autant que faire se peut, et compte tenu de leur condition de rampants. Ma jolie, et diablement imprévisible, compagne me saute au cou pour me remercier.

– Émile, vous êtes si brave, si magicien, si prodigieux...

Lucy Fair se jette sur mon corps comme une ventouse en mal d'adhésivité. Je me noie sous ses caresses enflammées. Nous croulons vers des abimes de bestialité bien tempérée. Nous surnageons entre des tsunamis..., enfin, j'espère que vous voyez le truc. Il semble bien que la tête de la bête ait largement pris le dessus sur nos projets de mariage en blanc à la campagne et de retraite dorée dans un paradis naturel.

Nous assouvissons la plupart de nos instincts comme si nous n'avions fait que ça depuis toujours. Depuis le début des temps, depuis la création du monde ou quelque part par là. Nous hurlons de joie, jouissons à n'en plus finir, etc., etc. Nous pourrions sans doute mourir dans les bras l'un de l'autre sans grand effort supplémentaire. Quelle belle finale à cette journée, à cette semaine, à cette année, que dis-je, à ce siècle si rempli de tout et de rien, comme d'habitude.

– Et si nous mourions dans les bras l'un de l'autre, mon chéri? me dit-elle sournoisement.

– Excellente idée. Comment fait-on? ajoutai-je, pris de court.

Ma reptilienne albinos langoureusement épanchée sur mon corps bestial me regarde dans les yeux un moment, puis ses paupières tombent comme autant de guillotines. Ses muscles se relâchent, son enveloppe charnelle se ramollit sérieusement, et elle semble morte pour de vrai. Je dépose sa dépouille comme je peux sur une table à dissection qui passe par là en toute impunité. Elle semble terriblement morte pour une si bonne vivante qu'elle était il y a naguère encore ou si peu.

Cette fille de l'enfer ouvre tout à coup les yeux dans un clignement halluciné et elle dit d'une voix doucereusement étrange :

– Allez, Émile, c'est le temps de mourir dans mes bras. Envoye mon câlisse.

Ma charmante reptilienne albinos referme les yeux et elle replonge illico frigo dans son immobilité cadavérique comme si elle venait de mourir pour la deuxième fois. Je demeure stupéfait un moment ou deux, le temps de retrouver mes sens essentiels et l'essence de ma vie, sans pitié aucune pour les ratiocinations immémoriales de l'humanité. Nous y reviendrons surement un jour, n'ayez crainte.

Est-ce vraiment ainsi que ça se termine? me dis-je à défaut de tellement d'autres choses, sans doute plus intelligentes, mais moins opportunes. Est-ce ainsi que nous quitterons cette planète en direction de Reptilia Rex? Y aura-t-il une escale à mi-chemin sur cette autre planète tellement démente comme la dernière fois?

Devons-nous maintenant mourir pour aller revivre ailleurs, moi en lion ailé ou en crocodile et Lucy Fair en boa albinos, à la découverte de Reptilia Rex et de ses intrigues empoisonnées? Je nous vois déjà débarquant sur cette planète incroyable, en banlieue d'Aldébaran si je me souviens bien, enfin à quelques années-lumière à peine, mais pas beaucoup plus, non, pas beaucoup. Je nous imagine dans le soleil couchant, dégustant des olives et un bon petit vin de la région, et peut-être un fromage? Des rondelles de cobra au piment fort? Qui sait?

– Arrive, Émile, qu'on en finisse, fait ma dulcinée avant de replonger dans le néant.

On se reverra sur Reptilia Rex, me dis-je personnellement avant de m'abimer définitivement dans ce nid de vipères qui s'agitent sur cette table à dissection. Hum, quelle douceur purement reptilienne, quand même. Attends-moi Lucy Fair, j'arrive.

Puis je lance quelques abracadabra avant de sombrer. On ne sait jamais, ça peut toujours être utile.

Qu'est-ce qu'il ne faut pas faire, de nos jours, pour essayer de gagner sa vie honorablement? Je vous le demande. Pas vous?

Je ne jurerais de rien, mais il me semble bien que j'entends une voix mystérieuse, qui dit maintenant : « À bientôt, sur Reptilia Rex, mes petits comiques cosmiques. »

S'il faut vraiment que je recommence à entendre des voix, on n'est pas sortis du bois, ni de l'auberge, d'ailleurs. Mais où ça, ailleurs, d'ailleurs? J'aimerais bien le savoir un jour.

***

Table des matières